邂逅

クンデラ文学・芸術論集

ミラン・クンデラ
西永良成 訳

河出書房新社

邂逅——クンデラ文学・芸術論集　目次

第一部

画家の乱暴な手つき——フランシス・ベーコンについて　13

第二部

実存の探査器としての小説

56

第六部

彼方　137

第七部

わたしの初恋　165

邂逅——クンデラ文学・芸術論集

……わたしの考察と回想との邂逅。わたしの古くからの（実存的および美的）主題と古くからの愛の対象（ラブレー、ヤナーチェク、フェリーニ、マラパルテ……）との邂逅……

第一部

画家の乱暴な手つき——フランシス・ベーコンについて

1

フランシス・ベーコン[1]の肖像画と自画像を一冊の本に編集することを企てたミシェル・アルシャンボーがある日、ベーコンの絵画から着想を得たエッセーを書かないかと誘ってくれた。なにしろこれは画家自身の願いでもあるのだと彼は念を押し、わたしがかつて《ラルク》誌に発表した小論のことを思い出させて、あれはベーコン自身がじぶんの姿を認めている稀なテクストのひとつなのだと言ってくれた。一度も会ったことがなく、深く敬愛している芸術家から何年もあとになって届いたそのメッセージに接して、わたしが覚えた感銘のことを否定するわけにはいかない。

《ラルク》誌のそのテクスト（これはのちになって、わたしの『笑いと忘却の書』[2]の一部に着想をあたえてくれることになる）は「アンリエッタ・モレアスの肖像三連作」に捧げられたものだが、これを書いたのは一九七七年ごろ、わたしの亡命初期であり、わたしはチェコを去ったばかりで、尋問と監視の地として記憶に残っている祖国の思い出につきまとわれていた。いまになっても、わたしはベーコンの芸術についての新たな考察を、旧稿と同じテクストからはじめることしかできない。

2

「一九七二年のことであった。わたしはプラハ郊外の、ひとに貸してもらったアパルトマンで、ひとりの若い娘と会った。その二日まえ、彼女はわたしのことでまる一日警察に尋問されていた。そこで彼女は、わたしとこっそりと会い（彼女は追跡されるのをずっと恐れていたのだ）、どんな質問をされ、どのように答えたのか教えてくれた。再度呼び出されるかもしれない尋問の際に、わたしの答えと彼女の答えが同じものでなければならなかったのだ。

彼女はごく若い娘で、まだ世間のことをすこしも知らなかった。尋問にすっかり心を乱され、この三日まえから、恐怖のあまり、彼女の腸がたえず動揺をきたしていた。ひどく蒼白な顔をし、わたしたちの話し合いの最中にも、たえず部屋を出てトイレに立った。――その結果、わたしたちの面会はずっと、貯水槽をみたす水の音に伴われることになった。

わたしはかなりまえから彼女を知っていた。彼女は知的で、機知に富み、みずからの感情を完全に抑制することができ、いつも完璧な服装をしていた。その服装は、立ち居振る舞いと同様、彼女の裸の姿をちらりとでもかいま見ることができるような、どんなちいさな隙も見せなかった。ところが突然、恐怖が刃のように彼女を抉《えぐ》った。いまや彼女は、ぽかんと口をあけたまま、食肉店の鉤に吊された牝牛の、切断された胴体のようにわたしのまえにいた。

トイレの貯水槽をみたす水の音がほとんど止むことがなかったが、わたしは突然、彼女をレイプしたくなった。わたしにはじぶんの言っていることが分かっている。彼女をレイプするのであって、彼女とセックスするのではない。わたしは彼女の愛情を欲していたのではなかった。一瞬、乱暴に彼女の顔に手を置き、この許しがたいほど刺激的な矛盾もろとも、彼女の全身をかき抱きたくなった。彼女の完璧な服装と反乱した腸もろとも、理性と恐怖もろとも、矜持と不幸もろともに。そんなすべての矛盾のなかにこそ、彼女の本質が、あの秘宝、あの金塊、深みに隠れたあのダイヤが埋められているように思われたのだ。わたしは糞も、えもいわれぬ魂もふくめて、彼女をそっくりそのまま奪い取ってしまいたかった。

しかしわたしには、わたしをじっと見つめる、不安にみちたふたつの眼（理知的な顔のなかの不安そうなふたつの眼）が見えた。そしてその眼が不安にみちていればいるほど、わたしの欲望はますます理不尽で、愚かしく、破廉恥で、不可解で、実行できないものになっていった。

場違いで正当化できないその欲望は、それでも現実のものであったことに変わりない。わたしにはその事実を否認できない――フランシス・ベーコンの三枚の肖像画を見ると、わたしはそのことを思いだすような気がする。画家の視線は乱暴な手のように顔に注がれ、その本質を、深みに隠れたそのダイヤをつかみとろうとする。なるほど、わたしたちにはその深みが本当になにかを隠しているという確信がないかもしれない。――しかし、なにはともあれ、わたしたちめいめいのうちには、その乱暴な手つき、そのなかに、そしてそのうしろに隠されているなにかを見つけたいと望んで他人の顔を傷つける、あの手の動きがあるのだ」。

3

ベーコンの仕事のもっともすぐれた解説者はベーコン自身であり、彼はふたつの対談でそのことをおこなっている。ひとつは一九七六年のシルヴェスターとの対談、そしてもうひとつは一九九二年のアルシャンボーとの対談である。いずれの場合も、彼は感嘆をこめてピカソ、とくに一九二六年と一九三二年のあいだの期間のピカソのことを語っている。これは彼が本当に身近に感じる唯一の期間だという。そこにこそ、「探求されていない」分野、すなわち「人間のイメージに関わるが、その完全な歪曲である有機的なフォルム」［傍点筆者。以下同様］が開かれるのを見るというのである。

この短い期間を別にすれば、ピカソの作品においてそれはどこでも見られる画家の軽い手つきであり、人体というモデルを二次元の形態に変える手法だから、たとえ似ていなくても、画家の勝手なのだと言っていいのかもしれない。だがベーコンにおいては、ピカソの遊技的な幸福感があるがままのわたしたち、物質的、身体的にあるがままのわたしたちをまえにした（怯えではないにしろ）驚きに引きつがれている。この感情にうごかされ、画家の手は（わたしの古いテクストの言葉をもう一度つかえば）、人間のひとつの身体、ひとつの顔のうえに「乱暴な手つき」で、「そのなかに、そしてそのうしろに隠されているなにかを見つけたいと望んで」置かれるのである。

だが、なにがそこに隠されているのだろうか？　人間の「自我」だろうか？　もちろん、かつて描かれたあらゆる肖像画はモデルの「自我」をあばこうとする。しかしベーコンは、「自我」がいたるところで逃れだす時代に生きている。じっさい、わたしたちのどんな平凡な経験でも（とくに人生を長くすごしてきたあとになると）こうわたしたちに教えてくれる。人びとの顔は嘆かわしいまでに同じであり（無分別な人口爆発がさらにこのような感覚を強める）、めいめいが混同されることに甘んじ、ほとんど捉えがたく、ごく些細なものによって相互の違いがあるにすぎない。そしてこの違いはしばしば、数学的な規模の割合では、わずか数ミリ程度の違いでしかないのだと。これに、人間は互いに相手の模倣をしながら行動し、それぞれの態度は統計的に計算可能であり、それぞれの意見は操作可能であり、したがって人間は個人（主体）よりもむしろ大衆の一分子になっているという、わたしたちの歴史的経験を加えてみよう。

このような懐疑の時代に、画家の強姦者にも似た手が、モデルたちの顔に「乱暴な手つき」で置かれ、どこかの深みに埋もれた彼（女）たちの「自我」を見つけようとする。

このようなベーコン的探求においては、「完全な歪曲」をこうむっているはずのフォルムが、けっして生きている有機体の特徴をうしなわず、それぞれの身体的な存在、肉体を想起させ、あいかわらず三次元的な外観を保っている。しかもそのフォルムがモデルに似ているのだ！　だが、いったいどうして肖像画が意識的に歪曲されているモデルに似るなどということがあるのか？　とはいえ、肖像画に描かれた人物たちの写真はそのことを証明している。肖像画がモデルに似ているのだ。例の三連作――同一人物の肖像が並列された三つのヴァリエーション――を見てもらいたい。これらのヴァリエーションはひとつずつ互いに違っているが、それと同時にまた三つに共通するなにかをもっている。すなわち、「あの秘宝、あの金塊、深みに隠れたあのダイヤ」、ひとつの顔の「自我」を。

4

そのことをこう言いかえてもいいかもしれない。つまり、ベーコンの肖像画は「自我」の限界への問いかけなのだと。どの程度の歪曲まで、個人はなおじぶん自身としてとどまるのか？　どの程度の歪曲まで、愛する人がなお愛する人としてとどまるのか？　どれだけのあいだ、病のなか、狂気のなか、憎悪のなか、死のなかに遠ざかっていく親しい顔が、まだそれと認められるのか？　どこに、ひとつの「自我」がもう「自我」ではなくなってしまう境界があるのか？

5

ずっとまえから、わたしの現代芸術の空想画廊のなかでは、ベーコンとベケットはひと組のカップルを形成していた。その後、アルシャンボーとの対談を読むと、「わたしはいつもベケットとわたしとのあの関連づけに驚いてきた」とベーコンは言っている。さらに、あとのほうでは「[……]ベケットやジョイスが言おうとしてきたことを、シェイクスピアのほうがずっと上手に、ずっと正しく、また力強く表現しているとわたしは思ってきた」。さらにまた、「芸術についてのベケットの考えは、結局のところ彼の創造を殺してしまうのではないかと思う。彼には、あまりにも体系的であるとともに、あまりにも理知的なところがあり、おそらくそのことがいつもわたしを困惑させてきたのだろう」。そして最後に、「絵画においては、つねにあまりにも多くの習慣が残されているので、けっして充分に削ぎおとすことはできない。しかしベケットにあっては、削ぎおとそうとするあまり、もうなにも残らず、この最終的な無がしばしば空疎に響くという印象を、わたしはうけるのだ」。[3]

ある芸術家が他の芸術家について語るとき、その芸術家はいつも（間接的に、遠回しに）じぶん自身について語るのであり、そこにこそ彼の判断の面白みがある。ベケットについて語りながら、ベーコンは彼自身についてわたしたちになにを言っているのだろうか？

じぶんは安易に分類されたくないということ。紋切り型の評価からじぶんの仕事を守りたいということである。

それから、伝統と現代芸術のあいだに障壁をもうけて、現代芸術は固有の比類のない価値をもち、まったく自立的な基準をもっているのだから、芸術史の孤立した時期だと見なすような、モダニズムの教条主義に抵抗することである。これに反してベーコンは、芸術史全体を援用するのであり、いくら二十世紀だからといっても、わたしたちはシェイクスピアへの恩義を忘れてはならないと言うのである。

それからまた、彼はじぶんの芸術が一種の浅薄なメッセージに変えられてしまうのを恐れ、芸術についてのみずからの考えをあまりにも体系的に表明することを拒む。二十世紀後半の芸術が騒々しく難解な理論的饒舌によって垢だらけにされているので、よけいにその危険が大きくなることを知っているのだ。この理論的饒舌こそが、作品がメディア化されず、予備的に解釈されずに、作品を見る（読む、聴く）者と直接ふれることをさまたげているのである。

ベーコンはできるところなら、いたるところでじぶんの足跡をかき消して、彼の作品の意味を紋切り型のペシミズムに帰したがる専門家たちを途方にくれさせる。彼はじぶんの芸術について「恐怖」という言葉がつかわれるのをいやがる。彼はじぶんの絵画において偶然（制作の最中にやってくる偶然。たまたま付いた色の染みが突如絵の主題を変えてしまうといった偶然）が演じる役割を強調する。そして、みんなが彼の絵画の重々しさを賛美しているというのに、「遊び」という言葉をわざと強調する。みんながわたしの絶望のことを話したがるのか？　それはそれでかまわない。だが、と彼はただちに明言する。じぶんの場合、それは「快活な絶望」なのだと。

6

ベケットについての考察のなかで、ベーコンは「絵画においては、つねにあまりにも多くの習慣が残されているので、けっして充分に削ぎおとすことはできない」と言う。あまりにも多くの習慣とは、画家の発見、前代未聞の貢献、独創性でないもののすべて、遺産、慣例、埋めくさ的作業、技術的に必要とされる仕上げといったもののすべてのことである。これは、たとえばソナタ形式における（モーツァルト、ベートーヴェンといった、もっとも偉大な作曲家においてさえも）ある主題から別の主題への（しばしばきわめて型どおりの）移行部のようなものである。ほとんどすべての偉大な現代芸術家は、このような「埋めくさ的作業」をなくし、習慣からくるすべてのもの、本質的なことに直接かつ排他的に近づけさせないようにするすべてのものを削ぎおとそうという意図をもっている（本質的なこととは芸術家自身、彼だけが言いうることを意味する）。

同じことはベーコンについても言える。彼の絵画の背景は超単調で、全面単色である。しかし、それだけに前面では、人体がますます色彩とフォルムの濃密な豊かさで処理されているのである。ところが、彼の心にかかっているのはまさに、このような（シェイクスピア的な）豊かさなのだ。というのも、この豊かさ（全面単色の背景と対照的な豊かさ）がなければ、美はどこか苦行めき、食餌療法に似たものになり、なにか衰えたようなものになるからである。だから、ベーコンにとってつねに、なによりも問題になるのは美、美の爆発なのだ。なぜなら、こんにちこの言葉は貶《おとし》められ、流行遅れになっているとはいえ、彼をシェイクスピアに結びつけるのはこの美なのだから。

また、だからこそ、彼の絵画にしつこく貼りつけられる「恐怖」という言葉が彼を苛立たせるのである。トルストイはレオニード・アンドレーエフと彼の暗黒小説に関して、「彼はわたしを怖がらせようとしているが、わたしはちっとも怖くない」と言っていた。こんにち、わたしたちを怖がらせ、退屈させる絵画があまりにも多い。怯えは美的な感覚ではなく、わたしたちがトルストイの小説に見いだす恐怖は、けっしてわたしたちを怖がらせるためにあるのではない。『戦争と平和』のアウステルリッツの戦場で」致命的な負傷をしたアンドレイ・ボルコンスキーが麻酔なしに手術される悲痛な場面には、美がないわけではない。これはシェイクスピアの一場面に、ベーコンの一枚の絵に美がないわけではないのと同様である。

食肉店の店先は恐ろしい。だが、ベーコンがそのことを話すとき、彼は「画家にとって、そこには肉の色の、あの大きな美があるのだ」と指摘することを忘れないのである。

7

ベーコンのあらゆる留保にもかかわらず、どうしてわたしが彼をベケットに近い存在だと見つづけるのだろうか？

ふたりとも、それぞれの芸術の歴史の、ほぼ同じ地点にいるからだ。つまり、演劇芸術の最後の時期、絵画の歴史の最後の時期にいるということである。というのも、ベーコンは油と筆を表現手段とする最後の画家のひとりであり、またベケットはまだ、作者のテクストを基礎とする演劇を書いているからである。ベケット以後、たしかに演劇はなお存在しているし、おそらく進化さえしているのかもしれない。しかし、この進化を生みだし、新しくし、支えているのは、もはや劇作家のテクストではないのだ。

現代芸術史において、ベーコンとベケットは道を切りひらく芸術家ではなく、道を閉じる芸術家である。あなたにとって同時代のどんな画家が重要なのかと尋ねるアルシャンボーにたいし、ベーコンはこう答えている。「ピカソのあとは、よく分からない。いまローヤル・アカデミーでポップアートの展覧会がおこなわれている［……］あれらの絵がすべて一堂に会しているのを見ても、わたしにはなにも見えない。内部にはなにもなく、これは空虚、まったくの空虚だと思われるのだ」。では、ウォーホールはどうなのか？「わたしには彼は重要な画家ではない」。では、抽象画は？　いや、もちろん彼は抽象画を愛さない。

「ピカソのあとは、よく分からない」と、彼は孤児のように話している。そして、じっさい彼は孤児なのだ。彼はその人生のきわめて具体的な意味においてさえも、孤児なのである。かつて道を切りひらいた者たちは同業者、解説者、崇拝者、共感者、同伴者などの一隊に取り囲まれていたが、彼はひとりである。ベケットがそうであったように。シルヴェスターとの対談のなかで彼はこう言っている。「わたしがいっしょに仕事ができる芸術家たちの一員であれば、どんなに刺激的だろうかと思う〔……〕話し相手がいれば、どんなに愉快だろうかとも思うが、いまのところ話し相手などただのひとりもいない」。

　それというのも、彼らのモダニズム、扉を閉ざすモダニズムは、周囲の現代性、すなわち芸術のマーケティングによって売りだされるモードの現代性に応えるものではないからだ（シルヴェスター「もし抽象画がフォルムの配置以上のものでないとするなら、わたしのようにときどき、具象画にたいしてと同じように、抽象画に本能的な反発を覚える人びとがいることを、どのように説明されますか？」ベーコン「それはモードだからだ」）。偉大なモダニズムが扉を閉じつつある時代にモダニストであることは、ピカソの時代にモダニストであることとはまったく話がちがうのである。ベーコンは孤立している（「話し相手などただのひとりもいない」）。彼は過去からも未来からも孤立しているのだ。

8

ベケットも、ベーコンと同じく、世界の未来についても芸術の未来についても幻想をいだいていなかった。そしてこの幻想の終わりの時代、ふたりのうちに興味深く、意味深い同じ反応が見られる。戦争、革命とその失敗、大量虐殺、民主主義の欺瞞などといった主題は、ふたりの作品のなかに見られないものだ。『犀』におけるイヨネスコ(5)はまだ、政治的な大問題に関心をもっていた。ベケットにはそのようなものはなにもない。ピカソはまだ「朝鮮の虐殺」のような作品を描いていた。これはベーコンにあっては考えられない主題である。ひとが（ベケットとベーコンが生きている、あるいは生きていると思っているような）文明の終わりに生きているとき、最後の乱暴な対決は、社会、国家、政治などとの対決ではなく、人間の生理学的な物質性との対決になる。だからこそ、かつて西洋の全美学、全宗教、さらには全歴史までもが集中されていたキリストの磔刑という大きな主題が、ベーコンにおいてはたんなる生理学的なスキャンダルに変えられてしまうのだ。「わたしはいつも屠殺場と肉に関わるイメージに感動してきた。わたしにとって、それはキリストの磔刑というものすべてと密接に結びついている。屠られるために外に出される、ちょうどそのときに撮られた動物たちの見事な写真がある。

それからあの死の臭いも」。

十字架に磔にされたイエスを屠殺場と動物の恐怖に比較するのは、冒瀆的なことだと思われかねない。しかしベーコンは非‐信仰者であり、冒瀆という概念は彼の思考のなかに場をもたない。彼によれば、「いまや人間はじぶんが偶発事であり、意味のない存在であり、理由もなく最後までゲームをやりとげねばならないことを実感しているのだ」と言う。この観点からすれば、イエスは理由もなく最後までゲームをやりとげた偶発事だということになる。そして十字架は、理由もなく最後までやりとげられたゲームの終わりだということになる。

いや、これは冒瀆ではない。むしろ本質的なものに入りこもうとする、澄明で、悲しげで、瞑想的な眼差しというべきだ。では、あらゆる社会的な夢が蒸発し、人間が「みずからの宗教的可能性が［……］完全に消滅する」のを見ているとき、どんな本質的なものが明らかにされるのだろうか？　身体である。すなわち、明白で、悲壮で、具体的な唯一の「このひとを見よ（ecce homo）」である。というのも、「これはたしかなことだが、わたしたちは肉であり、潜在的な骸骨なのだ。わたしが食肉店に行くと、動物のいる場所にわたしがいないのを驚くべきことだと思う」からだ。

これはペシミズムでも、絶望でもなく、たんに自明の理なのだが、この自明の理は、わたしたちがひとつの共同体に所属することによってヴェールで覆い隠されている。共同体はそれぞれに固有のさまざまな夢、昂揚、計画、幻想、闘い、大義、イデオロギー、情念などによってわたしたちの眼をくらます。だが、やがてある日、ヴェールがはずされ、わたしたちが身体とともに取り残され、身体に支配されることになる、ちょうど尋問のショックのあと、三分ごとに席をはずしてトイレに立ったあの若いプラハの娘のように。彼女はじぶんの恐怖、腸の猛威、貯水槽に流れるのが聞こえる水の音だけにされてしまうのだ。これは、わたしがベーコンの一九七六年の「洗面器のそばにいる人物」あるいは一九七三年の「三連作」を見るときに、水の流れる音が聞こえてくるのと同じようなものだ。あの若いプラハの娘にとって、直面しなければならなかったのはもはや警察ではなく、じぶん自身の腹だった。そしてもし、目には見えないだれかがこのちいさな恐怖の場面を取り仕切っていたのだとすれば、それは警察官でも、共産党のエリートでも、死刑執行人でもなく、〈神〉あるいはグノーシス派(6)の悪しき〈神〉である〈反‐神〉、〈造物神〉、〈創造主〉である。このいずれかの者が仕事場でこしらえ、しばらくのあいだ、わたしたちがその魂にならねばならないようにした身体という「偶発事」によって、わたしたちを永劫に罠にかけたのだ。

〈創造主〉のこの仕事場を、ベーコンはしばしば探りにいった。このことは、たとえば「人体の研究」と題された絵のなかに、はっきり認められる。ここで彼はたんなる「偶発事」、まったく別なように、たとえば手が三本あるとか、膝に目がある等々といったふうに創られることもありえた、偶発事としての人体の真相を暴露しているのだ。彼の絵のうち、これだけがわたしを恐怖でいっぱいにする。だが、「恐怖」というのは適切な言葉だろうか？　ちがう。これらの絵によって引きおこされる感覚には、適切な言葉がないのだ。引きおこされるもの、それはわたしたちの知っている恐怖、〈歴史〉の狂乱、拷問、迫害、戦争、大量虐殺、苦痛などによる恐怖ではない。いや、ちがう。ベーコンにあっては、まったく別の恐怖である。それは画家によって不意にヴェールをはがされる、人体の偶発的な性格に由来するものなのだ。

9

そんなところまで降りたとき、わたしたちにはなにが残されるのか？

顔である。

かぎりなく壊れやすく、身体のなかで震えている「自我」という、「あの秘宝、あの金塊、深みに隠れたあのダイヤ」を隠している顔。

人生というこの「意味のない偶発事」を生きるための理由を見つけようと、わたしが視線をそそぐ顔なのである。

第二部

実存の探査器としての小説

喜劇の喜劇的な不在（ドストエフスキー『白痴』）

辞書は笑いを「愉快もしくは喜劇的なものによって引きおこされる」反応と定義する。しかし、これは事実だろうか？　ドストエフスキーの『白痴』から、ひとはその気になれば、笑いのアンソロジーのようなものを引きだすことができるだろう。奇妙なことに、もっとも笑う人物たちがもっとも優れたユーモアのセンスをもっているとはかぎらず、それどころか、彼らこそまさにどんなユーモアのセンスもないのだ。若者たちの一行が田舎の別荘から外出し、散歩に出かける。彼らのうち、三人の娘たちが「エフゲニー・パヴロヴィッチの冗談にあまりにも嬉々として笑うので、彼はやがて、じぶんの言っていることをこの娘たちが聞いてさえいないのではないかという疑念をいだくようになった」。この疑念のために「彼は突然、わっと笑いこけた」。すばらしい観察である。まず、笑いながら、じぶんたちが笑っている理由を忘れ、訳もなく笑いつづける娘たちの集団的な笑い。それから、娘たちの笑いにはどんな喜劇的な理由もないことに気づき、その喜劇の喜劇的な不在に直面して、わっと笑いこけるエフゲニー・パヴロヴィッチの笑い（これはきわめて稀で、得がたい笑いである）。

これと同じ公園を散歩しながら、アグラーヤがムイシキンに緑のベンチを見せて、みんながまだ眠っている朝の七時ごろ、じぶんはいつもそこにきてすわるのだと言う。その晩、みんながムイシキンの誕生日を祝う。この劇的で我慢のならない集まりが夜遅くに終わる。興奮しすぎたムイシキンは、家を出て公園をぶらぶらする。すると、アグラーヤに教えられた緑のベンチがまた見える。彼はそこにすわり、「いきなり、けたたましく笑いこけた」。明らかに、この笑いは「愉快もしくは喜劇的なもの」によって引きおこされたものではない。しかも、つづく文章はそのことをこう確認している。「不安が彼の胸を離れることはなかった」。彼はずっとすわったまま眠りこんでしまう。やがて、「澄んで爽やかな」笑いによって彼は目覚める。「アグラーヤが目のまえにいて、笑いこけていた。［……］彼女は笑いながらも怒っていた」。だから、この笑いもまた「愉快もしくは喜劇的なものによって」引きおこされたものではない。彼女を待ちながらムイシキンが不覚にも眠りこんだことに、彼女は気を悪くしているのだ。彼女が笑うのは、彼の目を覚ますため、彼がどうかしていると伝えるため、手厳しい笑いで彼を叱ってやるためなのである。

喜劇的な理由のない別の笑いがわたしの心に浮かんでくる。プラハの映画学部の学生だったわたしが、冗談を言い、笑っている他の学生たちに取り囲まれている。そのなかにアロイス・Dがいる。詩に夢中になっている青年で、親切だが、ちょっとナルシストすぎて、妙に堅苦しい男だ。彼は大きく口を開け、とても強い音を発して、大げさな身ぶりをする、つまり笑っている。しかし彼は、他の者たちと同じようには笑わない。その笑いはオリジナルにまじったコピーのような効果をもたらすのである。わたしがこんな些細な思い出を忘れなかったのは、当時のわたしにはまったく新しい経験だったからだ。つまりわたしは、喜劇的なセンスがぜんぜんなく、身元を見破られないように外国の軍服を着ているスパイさながら、人目に立たないために笑う人間というものを初めて見たのである。

たぶんアロイス・Dのおかげで、［フランスの詩人ロートレアモン（一八四六―七〇年）の］『マルドロールの歌』の一節が当時のわたしに感銘をあたえたのだろう。マルドロールはある日、人びとが笑っているのに気づいて驚く。他人たちと同じようになりたがるその奇妙なしかめ面の意味が分からず、彼はナイフを取って、じぶんの唇の口角を切ってしまう。

わたしはテレビ画面のまえにいる。そこに見える番組はひどく騒々しく、司会者たち、俳優たち、スターたち、作家たち、歌手たち、代議士たち、大臣たち、大臣の妻たちがいて、全員がどんなきっかけにも反応して、大きく口を開け、とても強い音を発し、大げさな身ぶりをしてみせる。言いかえると、笑っている。そこでわたしはエフゲニー・パヴロヴィッチが突然、彼らのあいだに降り立ち、どんな喜劇的な理由もないその笑いを見る姿を想像する。まず、彼は唖然とし、それから彼の怯えがだんだん鎮まっていき、そしてついにこの喜劇の喜劇的な不在に、「彼は突然、わっと笑いこける」。このとき、笑っている者たちは、しばらくまえまでは不審そうに彼をながめていたのに、やっと安心し、ユーモアのない彼らの笑いの世界にやんやと彼を迎える。そんな世界に、わたしたちは生きざるをえないのである。

死と虚飾（ルイ＝フェルディナン・セリーヌ(1)『城から城』）

小説『城から城』のなかには、ある牝犬の話が出てくる。その牝犬はデンマークの寒い地方の産で、森のなかを長く遁走することに慣れていた。だがセリーヌとともにフランスにやってくると、もう遁走の習慣はなくなった。やがてある日、癌におかされる。「……わたしはその犬を藁のうえに寝かせてやりたかった……ちょうど夜明けのあとに……犬のほうはわたしの寝かせ方を好まなかった……どうしてもいやがった……別の場所にいたがった……家中でもっとも寒い側の石のうえに……犬は上手に横たわった……喘ぎはじめた……もうダメなのだ……わたしはひとにそう言われたし、じぶんでもそのとおりだと思った……たしかにそうだった、犬は思い出の方角にいた、じぶんがやってきた方角、北国、デンマークの方角に。顔を北に向け、体を北にまわして……ある意味でなんとも忠実な犬だった……遁走した森、向こうのコセーアに忠実だった……またひどい生活にも忠実だった……ムードンの森にはなんの関心もなかった……二度、三度ちいさな喘ぎ声を出してから死んでいった……ああ、とても控え目な喘ぎ声だった……いわば、文句ひとつも言わずに……本当にとても美しい姿だった、まるで勢いよく、遁走するみたいに……しかし横になり、がっくりと力尽きていた……鼻を遁走の森、じぶんのやってきたところ、苦しんだところに向けて……それはたしかだ！」。

「ああ、わたしはあちら……こちら……いたるところで……多くの末期を見てきた……しかしあれほど美しく、控え目で、……忠実な末期とはほど遠いものだった……人間の末期を損なうもの、それは虚飾だ……それでも人間がいつもその場にいる……このうえなくお粗末なものとして……」。

「人間の末期を損なうもの、それは虚飾だ」。なんという名文句だろう！　また、「それでも人間がいつもその場にいる」……死の床で口にされるあの名高い「最後の言葉」という陰気な喜劇を、いったいだれが思いださないだろうか？　じっさいは、そのとおりなのだ。たとえ喘いでいても、人間はいつもその場にいるのである。「このうえなくお粗末なもの」であっても、このうえなく露出をはばかるものであっても。というのも、人間がじぶんでその場に出てくるというのは、かならずしも事実ではないからだ。じぶんで出てこないと、だれかに引きだされる。これが人間の定めなのだ。

そして「虚飾」！　それは、つねになにか英雄的なものとして、ある芝居のフィナーレとして、闘いの終結として経験される死のことだ。わたしは新聞でこんな記事を目にする。ある町で、エイズ患者と死者に敬意を表して、何千もの赤い風船が放たれたという！　わたしはこの「敬意を表して」というところに引っかかる。霊に捧げて、思い出として、悲しみと憐れみのしるしに、などというのなら、わたしにも分からないわけではない。しかし敬意を表して？　はたして病気のうちに、なにか祝福し、称賛すべきものがあるとでも言うのだろうか？　だが、じっさいには、それは仕方のないことなのだ。そしてセリーヌにはそのことが分かっていた。「人間の末期を損なうもの、それは虚飾だ」と。

　セリーヌの世代の多くの大作家たちは、彼と同じように死、戦争、恐怖、苦悶、追放などの経験をあじわった。しかし、彼らはこれらの恐ろしい経験を、境界の反対側——すなわち正しい人びと、未来の勝利者、もしくは身にうけた不正の後光につつまれた犠牲者——要するに栄光の側で重ねた。「虚飾」、つまりおのれの姿をこれ見よがしに見せたがるあの自己満足は、彼らのどんな振る舞いにもごく自然に見られるから、彼らはそれに気づくことも、評定することもできなかった。しかしセリーヌは二十年のあいだ、断罪された者、軽蔑された者たちのなか、〈歴史〉のゴミ箱のなかに、犯罪者中の犯罪者としていつづけた。彼の周囲の者たち全員が沈黙を強いられていた。彼だけがこのような例外的な経験、つまりすっかり虚飾を奪い取られた生の経験に、ひとつの声をあたえることができる存在だった。

　この経験のおかげで、彼は虚栄をひとつの悪徳ではなく、人間と不可分のものであり、末期の瞬間にさえも人間から離れない特質だと見ることができたのだ。そしてこの抜きがたい人間の虚飾を背景にして、一匹の牝犬の死の崇高な美を見ることができたのである。

加速する歴史のなかの愛（フィリップ・ロス[1]『欲望学教授』）

カレーニンはいつからアンナとセックスしなくなっていたのか？　またヴロンスキーは？　彼は彼女に性的満足をあたえることができたのだろうか？　そしてアンナは？　彼女は冷感症だったのか？　ふたりがセックスしたのは暗闇のなかか、光のあるところか、ベッドのうえか、絨毯のうえか、三分間か、三時間か、ロマンチックな言葉を交わしながらなのか、淫猥な言葉を交わしながらなのか、あるいはずっと沈黙しながらなのか？[2]　わたしたちにはなにも分からない。当時の小説において、愛は最初の出会いから性交の入り口にいたるまでの広大な領域を占めていた。この入り口が越えてはならない境界だった。

二十世紀になると、小説は徐々に、そしてあらゆる次元で、性現象を発見する。アメリカでは、小説は目も眩むほどのスピードで果たされる風俗の大変化を予告し、またこの大変化につきしたがった。一九五〇年代には、人びとはまだ仮借のないピューリタニズムのなかで窒息していた。それから、わずか十年のあいだに、すべてが変わる。最初の恋心と性行為とのあいだの広大な空間は消え去ってしまい、人間はもはや感傷的な中間地帯《ノーマンズランド》によって性から保護されなくなる。人間は性と直接、不可避的に向かい合うことになるのだ。

D・H・ローレンスにおける性的な自由は、劇的もしくは悲劇的な反抗の感がある。そのすこしあとのヘンリー・ミラーにおいては、それは抒情的な幸福感につつまれる。この三十年後のフィリップ・ロスになると、それは所与の、既得の、集団的な、平凡な、避けられない、コード化された状況にすぎなくなり、劇的でも、悲劇的でも、抒情的でもなくなってしまう。

人びとは限界に達したのだ。もはやどんな「もっと先」もない。欲望に対立するのはもはや法律、両親、慣習などではない。すべてが許されているのであり、唯一の敵は裸にされ、興ざめの、正体を暴かれたわたしたち自身の身体になる。フィリップ・ロスはアメリカのエロティスムの偉大な歴史家である。彼はまた、見捨てられて、みずからの身体に直面する人間という、あの奇怪な孤独の詩人でもある。

とはいえ、この数十年のあいだ、〈歴史〉はあまりにも速く進行したので、『欲望学教授』の人物たちは別の時代、ロス的ではなくトルストイ的に愛を体験した彼らの両親たちの時代を記憶にとどめざるをえなくなる。小説の雰囲気のなかに広がる郷愁は、ケペッシュの父親もしくは母親が舞台に登場するや、もはや両親への郷愁だけではなくなり、愛、あるがままの愛、父と母のあいだの愛、現代世界がなくしてしまったように思える、あの古めかしくも感動的な愛への郷愁になる（かつてあったものの記憶がなければ、愛、愛の概念のなにが残るだろうか？）。この奇怪な郷愁（奇怪というのも、これは具体的な人物たちとは結びつかずに、もっと先に、彼らの彼方、背後に想定される郷愁だから だ）は、この小説に一見シニカルだが、胸を打つ優しさをあたえている。

〈歴史〉の加速が個人の実生活を深く変えてしまい、過去の数世紀、誕生から死まで、ただひとつの歴史的時代のあいだに展開していた個人の実生活は、こんにち、二つ、ときには三つの歴史的時代をまたぐものとなっている。かつて〈歴史〉は人間の生活よりはるかにゆっくりと進行していたのに、こんにちではずっと速く進み、走り、人間から逃れてしまう。その結果、ひとつの人生の継続性と同一性が砕けてしまいかねない。だから小説家は、わたしたちの生き方のかたわらに、わたしたちの先達の遠慮がちで、なかば忘れられたに等しい生き方の思い出を残しておきたいという欲求を覚えるのである。

そこにこそ、ロスの主人公たちの主知主義の意味が見られる。彼らは全員、文学の教師か作家であり、たえずチェーホフ、ヘンリー・ジェイムズ、あるいはカフカについて考えている。それはじぶん自身のうえに身をかがめる文学の、つまらない知的誇示などではない。小説の地平に過ぎ去った時間を取っておいて、もはや先祖の声が聞き取れなくなるような空虚のなかに、人物たちを打ち捨てたくないという欲望なのである。

人生の年齢という秘密（グドベルグー・ベルグッソン[1]『白鳥の翼』）

ひとりのちいさな娘がレイキャヴィークのスーパーマーケットでサンドイッチを盗んだ。両親はその子を罰するために、数ヶ月その子の知らない田舎の農夫にあずけることにする。十三世紀のアイスランドの古いサガ[2]では、大罪を犯した者たちがそんなふうに内陸に送られた。この寒く砂漠のように広大な土地のことを考えれば、当時それは死刑に等しかった。アイスランドには十万平方キロに三十万の住民がいる。このような孤独に耐えるため（これは小説のイメージを借用するものだが）、農夫たちは遠くに双眼鏡を向けて他の農夫たちを観察する。他方、観察されるほうもやはり双眼鏡をそなえている。アイスランドは互いに探り合う孤独の地なのだ。

『白鳥の翼』という、幼年期に関するこのピカレスク（悪漢）小説では、各行ごとにアイスランドの風景が息づいている。とはいえ、どうかこの小説を「アイスランドの小説」、エキゾチックな奇書として読まないでいただきたい！　グドベルグー・ベルグッソンは偉大なヨーロッパ小説家なのだ。まず彼の芸術に着想をあたえているのは、社会学的もしくは歴史的、ましてや地理的な興味ではなく、実存的な探求、真の実存的執念であり、これがこの本を（私見によれば）小説の現代性と呼んでいいものの中心に位置づけるのである。

　この探求の対象はきわめて幼いヒロイン（著者は彼女を「おちびさん」と呼んでいる）というか、より正確には、九歳という彼女の年齢である。これはわたしがだんだん頻繁に思うようになったこと（じつに明白なのに、わたしたちが気づかないこと）なのだが、人間はその具体的な年齢においてしか存在せず、年齢とともにすべてが変わってしまう。他者を理解するとは、その他者が生きている年齢を理解することを意味する。年齢という謎は、小説だけが解明できる主題のひとつである。九歳とは幼年期と思春期の境界であり、わたしは、この小説におけるように、その境界が解明されるのをかつて見たことがない。

　九歳であること、それはどういうことなのか？　それは夢想という靄のなかを歩くことだ。だが、夢想と言っても、抒情的な夢想ではない。この本には幼年期のいかなる理想化もないのだ！　この「おちびさん」にとって、夢想にふけること、幻想をいだくこと、それが未知の、そして知ることができない世界に立ち向かう方策なのである。農場に着いた最初の日、異質で、明らかに敵意のある世界に直面して、彼女は身を守るために、「頭から目に見えない毒をほとばしらせ、家中にふりかけてやることを想像する。

部屋という部屋、人びとをみんな、動物たちも空気もすっかり汚染してやりたいと」。

現実の世界というものを、彼女は勝手気ままな解釈によってしか捉えられない。農家に娘がいる。その神経症的な振る舞いの蔭に、わたしたちなら色恋沙汰があるのが見抜ける。しかし、「おちびさん」には、なにを見抜くことができようか？ 農民たちのお祭りがある。何組かの男女がでこぼこした風景のなかに散ってゆく。その子には、男たちが女たちに覆いかぶさっているのが見える。きっと、と彼女は考える。あの男たちはにわか雨から女たちを体で守ってやっているんだわ。空が雲で真っ暗だから。

大人たちは現実的次元の細々とした気遣いに没頭し、そのことでどんな形而上的問題も覆い隠されてしまう。しかし「おちびさん」は現実の世界から遠いところにいるので、彼女と人間の生死の問題とのあいだを遮るものはなにもない。彼女は形而上的な年齢にある。彼女はある湿原のうえに身をかがめ、水の青い表面にじぶんの姿を映して見る。「彼女はじぶんの体が溶けて、その青色のなかに消えてしまう様を想像する。あたし、飛びこんでやろうかしら、と彼女は思う。彼女が足を上げると、じぶんのすり減った靴底の影が水に見える」。死ということが彼女の気にかかっている。みんなが一頭の仔牛を屠ろうとしている。まわりの子供たちが全員、その仔牛が死んでいくのを見たがっている。屠殺の数分まえに、その子が仔牛の耳元にそっと小声で言ってやる。「あんた知っているの、もう命が長くはないのを？」。他の子供たちがその言葉を面白いと思い、全員が次々にその言葉を仔牛にささやいてやる。やがて仔牛の喉が掻き切られ、その数時間後、みんなが食卓に呼ばれる。子供たちはさきほど殺されるのを見守っていたその肉体を大喜びで噛んでいる。そのあと、彼らは仔牛の母親だった牝牛のほうに駆けつける。「おちびさん」はこう思う。この母親は知っているのかしら、あたしたちがお腹のなかであの子を消化しているのを？　そして彼女は、その牝牛の鼻先で大きく口を開け、深呼吸しはじめる。

幼年期と思春期の合間では、もはや親に面倒を見てもらう必要がないから、その子は突然、じぶんの独立を発見する。現実の世界からつねに隔てられているので、彼女はそれと同時に現実の世界を空しいとも感じる。彼女はじぶんに近しくない人びとのあいだにいて、ひとりぼっちなので、よけいそう感じる。だが、どんなに空しくても、他の者たちは夢中になっている。ここに忘れがたい小場面がある。恋の悩みで、農夫の娘は毎夜（アイスランドの明るい夜に）外に出て、小川のほとりに行ってすわる。娘を見張っている「おちびさん」も外に出て、その娘のはるか後方の地面にすわる。いずれも相手がいることを意識しているが、互いに話すことはない。やがて、あるとき、農夫の娘は黙って片手を上げて、近づいてくるよう合図する。しかし、そのつど、その子は従うことを拒んで、農家に引き返す。ささやかだが、魔術的な場面だ。わたしはいつまでもその片手、年齢がかけ離れ、互いに相手が不可解で、そのメッセージを除けば伝え合うことがなにもない者同士の、その合図を見るのをやめられない。「あたしはあんたから遠いところにいて、あんたに言うことなんてなにもない」。「でも、あたしはここにいるのよ」。「ええ、あたしもあんたがそこにいるのが分かっているわ」。上げられたこの片手、それは遠くかけ離れた年齢――わたしたちがふたたび生きることも、取りもどすこともできず、わたしたちめいめいにとって謎となり、ただ小説家＝詩人の直観によってしかわたしたちに近づけられない年齢――に身をかがめるこの本そのものの身ぶりである。

恐怖の娘としての牧歌（マレック・ビエンチーク[1]『トウォルキ』）

　すべては第二次世界大戦の終わりごろのポーランドではじまる。〈歴史〉のもっとも知られた断片[2]が未知の角度から、すなわちトウォルキという大きな精神病院から見られている。なにがなんでも独創的になろうとしてか？　逆である。この暗黒の時期、逃れるための片隅を見つけるほど当然なことはなかったのだ。一方には恐怖、他方には避難所しかない。

　この病院はドイツ人（恐ろしいナチスではない。この小説に紋切り型を求めてはならない）によって経営され、会計係として何人かのとても若いポーランド人をやとっている。そのなかに、偽造の身分証明書をもった三、四人のユダヤ人がいる。まずもって驚かされるのは、この若者たちが現在の若者には似ていないということである。彼らには恥じらいがあり、内気で、ぎこちなく、素朴にモラルと善意を求めている。彼らは「純愛」を体験しているが、その嫉妬も幻滅も、頑なまでに優しい異様な雰囲気のなかでは、けっして憎悪に変わることはない。

　半世紀の隔たりがあるから、当時の若者たちと現代の若者たちがこれほどまでちがっているのだろうか? わたしはこの相違には別の理由があると見る。それは、彼らが体験していた牧歌は恐怖の娘だったということである。隠されているが、つねにそこにあり、つねに待ち伏せしている恐怖の娘。ここに悪魔的なパラドクスがある。つまり、ある社会（たとえば、わたしたちの社会）が根拠のない暴力や悪意を吐き出すのは、その社会に悪の、悪の支配の真の経験がないからだということだ。というのも、〈歴史〉が残酷になればなるほど、避難所の世界はますます美しく見えるようになり、ある出来事が日常的なものになればなるほど、避難所がますます救命浮き輪に似たようなものになって、「避難者」がしがみつくようになるからである。

　この小説には、言葉がリフレインのように立ち返り、叙述が歌になって読者を運び、連れ去る頁がある。この音楽、このポエジーはどこに源泉をもっているのだろうか? 人生という散文、これ以上は平凡になれない平凡さのなかである。ユレックはソニアに恋している。彼の愛の夜は極端な簡潔さで言及されるにすぎないが、ソニアが乗るブランコのことはゆっくりと、事細かに描写される。「きみはどうしてそんなに体を揺らすのが好きなんだい?」とユレックは尋ねる。「だって……なかなか説明できないわ。あたしがここに、下のほうにいるでしょう。ところが、そのすぐあとにずっと上のほうに行く。それから、その逆になるんだもの」。ユレックはこのあっけない告白を聞いて感嘆し、上のほうをながめると、「木々の梢のそばで、明るいベージュの靴底が黒っぽくなった」。下のほうをながめると、靴底が「鼻の下まで降りてきた」。彼はずっと感嘆しながらながめている。それを忘れることはないだろう。

小説の結末近くになって、ソニアは去っていく。かつて彼女は恐怖に駆られてトゥォルキに逃げてきて、そこではかない牧歌的な経験をした。彼女はユダヤ人だった。だれも（読者さえも）そのことを知らなかった。だが、彼女は病院のドイツ人の院長に会いに行き、じぶんの身元を明かす。院長は「あなたはどうかしている。どうかしていますよ」と叫んで、彼女を隔離して救おうとする。しかし彼女は、頑としてうけつけない。わたしたちがふたたび彼女を見るとき、彼女はもう生きてはいない。「地面の上方の、細長いポプラの木の枝に、ソニアはぶら下がっていた。ソニアは揺れていた。ソニアは首を吊っていた」。

一方には日常性の牧歌、見いだされ、見直され、歌に変わった牧歌。他方には首を吊った若い娘。

思い出の崩壊（フアン・ゴイティソーロ[1]『そして幕がおりるとき』）

すでに年配のひとりの男が妻を亡くしたばかりだ。彼の性格についても生涯についても、大した情報はない。どんな「ストーリー」もない。この本の唯一の主題は、彼がいきなり入りこむことになった人生の新しい時期の経験である。妻がそばにいたとき、彼女は彼の時間の地平に、同じ時間に彼のまえにいた。いまや、地平にぽっかり穴があき、眺めは変わってしまった。

第一章では、男は一晩中死んだ妻のことを考え、記憶がじぶんの頭のなかに古い歌の節、彼女を知らなかった幼年時代のフランコ派[2]の歌を送ってくることにとまどう。どうしてか、どうしてなのだ？　思い出というのは、こんなにも悪趣味なものなのか？　それとも、思い出はこのわたしを愚弄しているのか？　彼はかつてふたりがともにいた風景のすべてを思い浮かべようとする。やっとその風景が浮かんでくる。「しかし彼女は、たとえ束の間でも、ふたたび現れてこない」。

過去を振り返ってみると、彼の人生には「まとまりがなく、ただの断片、個々の要素、一連の取りとめのない光景しか見つからなかった［……］散らばった出来事をあとになって正当化したいと望むことは、他人を欺くが、じぶん自身は欺かないという、偽造たらざるをえない」（だからわたしは思う、伝記というのはまさしくこれではなかろうか？「一連の取りとめのない光景」にむりやり当てはめる、こじつけの論理ではないのかと）。

このような新しい観点に立てば、過去はそっくり非現実的なものとして現れることになる。では未来は？　もちろん、未来には現実的なものなどなにもないのは明らかだ（せっかく息子たちのために建ててやった家に当の息子たちが一度も住まなかった、じぶんの父親のことを彼は考える）。このように、過去と未来が相たずさえて彼から遠ざかってゆく。彼はある村を散歩し、ひとりの子供の手を取ってやる。すると驚いたことに、「じぶんが軽やかで快活になり、案内してくれる子供と同じように過去をもっていないのを感じる。［……］すべてが現在に集中し、現在で終わる」。そしてたちまち、現在という時間に狭く限定されたこの実生活に、彼がかつて経験したことも期待したこともなかった幸福を見いだすのである。

このように時間を検討したあとになって、わたしたちはやっと、〈神〉が彼に言ったこんな言葉を理解できるようになる。「おまえは一滴の精液によって産みだされ、わしはいくつもの思弁や公会議によって仕立て上げられたとはいえ、わしらは非在という本質を共有しているのだぞ」。〈神〉？　そう、これは年配の男がじぶんのためにでっち上げ、ずっと対話をしてきた神だ。それは存在してはいず、まさに存在していないからこそ、極度に冒瀆的な言葉を口にしてもよい〈神〉なのである。

いろんな談話のひとつのなかで、この不敬虔な〈神〉は年配の男に、彼がチェチェンを訪れたときのことを思いださせる。それは共産主義の終焉のあと、ロシアがチェチェンとの戦争に突入したときのことだった。だからこそ、この年取った男はトルストイの『ハジ・ムラート』をたずさえて行ったのだった。この小説は、ほぼ百五十年まえに同じロシア人が同じチェチェン人を相手にした戦争の物語なのである。

奇妙なことに、ゴイティソーロの年配の男と同じように、わたしもまた同じ時期に『ハジ・ムラート』を再読した。その当時わたしが愕然とした状況のことが思いだされる。たとえ数年まえから、みんなが、すべてのサロン、すべてのメディアがチェチェンの大量虐殺について興奮していたとしても、ジャーナリスト、政治家、知識人のだれひとりとして、トルストイのことを引き合いに出し、彼の小説を思いだすのを耳にしなかったという状況のことである。みんながこの殺戮というスキャンダルに衝撃をうけていたが、だれひとりとして殺戮の繰り返しに衝撃をうけなかったのだ！　しかしながら、あらゆるスキャンダル中のスキャンダルは、スキャンダルの繰り返しのことではないのか！　ただゴイティソーロの冒瀆的な神だけがそのことを知っている。「言ってみろ。伝説によれば、わしが一週間で創ったとされるこの〈地上〉で、いったいなにが変わったのか？　こんな笑劇を無益に引きのばしたところで、いったいなんの役に立つのか？　なぜ人びとは性懲りもなく、いまだに繁殖しつづけているのかね？」。

それは、繰り返しというスキャンダルがつねに、忘却というスキャンダルによって情け深く消されてしまうからだ（忘却とは、大小説や大量虐殺の思い出も愛する女の思い出も、ともかくありとあらゆる「思い出が沈みこんでしまう底なしの穴」のことだ）。

小説と生殖（ガブリエル・ガルシア゠マルケス『百年の孤独』[1]）

『百年の孤独』を再読していたとき、ある奇妙な考えが浮かんできた。偉大な小説の主人公には子供がいない、ということだ。この世界の人口のわずか一パーセントには子供がいないが、小説の大人物の少なくとも五十パーセントは子孫を残すことなく小説を去ってゆく。パンタグリュエルにも、パニュルジュにも、ドン・キホーテにも子孫はいない。ラクロの『危険な関係』のヴァルモンにも、メルトゥイユ侯爵夫人にも、貞節なトゥールヴェル法院長夫人にも。フィールディングのもっとも名高いヒーロー、トム・ジョーンズ[3]にも。ゲーテの若きヴェルテルにも。スタンダールのすべての主人公にも子供がいない。同じように、バルザックの、そしてドストエフスキーの多くの主人公にも。最近過ぎ去った世紀では、プルーストの『失われた時を求めて』の話者マルセル、それからもちろんムージルのすべての重要な登場人物、ウルリヒと彼の妹アガーテ、ヴァルターと彼の妻クラリッセ、そしてディオティマ[4]。またシュヴェイク[5]。そしてとても若いカール・ロスマン(6)を除くカフカの主人公たち。カール・ロスマンはたしかに女中を孕ませるのだが、まさにそれだからこそ、じぶんの人生から子供を消してしまうためにこそ、彼はアメリカに逃げ、この小説が誕生するのである。このような生殖能力の欠如は、小説家たちの意識的な意図によるものではない。小説という芸術の精神（あるいはこの芸術の潜在意識）が生殖を嫌うからである。

小説は〈近代〉とともに誕生した。ハイデガーを引くなら、近代は人間を「唯一の真の主語（subjectum）」「万物の基本」とする。人間が個人としてヨーロッパの舞台に定着するのは、おおむね小説のおかげである。小説から遠く離れた、わたしたちの現実の生活のなかでは、わたしたちの誕生まえの、あるがままの両親について、わたしたちはさしたることを知らない。わたしたちは近しい者たちを断片的にしか知らない。わたしたちには彼らがやってきて、立ち去るのが見える。彼らが消え去るとすぐ、その場所は他の者たちに取られてしまう。つまり彼らは取り替えができる者たちの長い行列をなすにすぎないのだ。ただ小説だけが個人を個別に取りだし、その生涯、思想、感情などを明らかにし、個人を取り替えのきかないものにする、つまり個人を万物の中心にするのである。

ドン・キホーテが死に、小説が完結する。この完結は、ドン・キホーテに子供がいないからこそ、これほど完璧に最終的なものになるのだ。もし子供がいたら、彼の人生は引きのばされ、真似されるか異議をとなえられるか、擁護されるか裏切られるかするだろう。ひとりの父親の死は、戸を開けっ放しにする。もっとも、わたしたちは幼年時代からこう聞かされている。おまえの人生はおまえの子供たちのなかで継続することになる。おまえの子供たちはおまえの不滅性そのものなのだと。しかし、もしわたしの人生がわたし自身の人生を超えてつづくというなら、わたしの人生が独立した実体ではないということになる。わたしの人生が未完成だということになる。個人が溶けこむ、溶けこんで、忘れられることに同意するまったく具体的で地上的なものが、なにかあるということになる。家族、子孫、部族、国民などがそれだ。「万物の基本」としての個人とはひとつの幻想、賭け、ヨーロッパの数世紀間の夢にすぎないということになる。

『ガルシア＝マルケスの『百年の孤独』とともに、小説芸術はこの夢の外に出るように思われる。注意の中心はもはや個人ではなくなり、諸個人の行列になってしまう。彼らは全員独特であり、模倣しがたいが、しかし彼らのひとりひとりは、川のさざ波に映る太陽の光さながら、束の間の輝きにすぎない。だれひとりとして、最初から最後まで小説の舞台に残っていないのだ。この一族の太母ウルスラが死んだとき百二十歳だったが、これは小説が終わるずっとまえのことである。全員がアルカディオ・ホセ・ブエンディーア、ホセ・アルカディオ、ホセ・アルカディオ・セグンド、アウリャーノ・ブエンディーア、アウリャーノ・セグンドなどと、互いによく似た名前をもっている。そのために、彼らを区別する輪郭がぼやけ、読者は彼らを混同してしまう。どう見ても、ヨーロッパ的な個人主義の時代はもはや彼らの時代ではない。しかし、では彼らの時代とはどんな時代なのか？　アメリカのインディオの過去にまで遡る時代だろうか？　あるいは人間の個人が蟻塚のようにひしめく大群のなかに溶けこんでしまう、未来の時代だろうか？　小説という芸術の頂点であるこの小説は、同時にまた、小説の時代に向けた訣別でもあるという印象をわたしはもつのだ。

第三部

ブラックリストあるいは
アナトール・フランスに捧げる
ディヴェルティメント

1

いつだったか、あるフランス人の友人が何人かの同国人たちに囲まれてプラハに着いた。出迎えたわたしは、タクシーでたまたまひとりの婦人と乗りあわせることになった。どのように話をもたせていいのか分からなかったので、わたしは（間の抜けたことに）フランスのどの作曲家がもっとも好きですかとその婦人に尋ねた。打てば響くように、率直に、力強く言い放たれた彼女の返事が、ずっとわたしの頭に残っている。「サン＝サーンス[1]だけは絶対ダメよ！」。

わたしは「彼のどんな作品を聞かれたのですか？」と言いそびれたのだったが、彼女はきっと、さらに憤慨した調子で「サン＝サーンスの作品ですって？　ひとつも！」と答えたことだろう。というのも、これはある音楽にたいする反感ではなく、もっと重大な理由によるものだったからだ。すなわち、じぶんはブラックリストに載っている名前とは結びつけられたくない、ということなのである。

2

ブラックリスト。これはすでに第一次世界大戦まえの前衛たちの大きな情熱だった。

わたしが二十五歳くらいのころ、アポリネールの詩をチェコ語に翻訳していた。そのとき偶然、彼の一九一三年のちいさなマニフェストを見つけた。彼はここで芸術家を「糞」と「バラ」に分類していた。糞はダンテ、シェイクスピア、トルストイ、さらにまた、ポー、ホイットマン、ボードレールだった！　そしてバラはじぶん自身、ピカソ、ストラヴィンスキー[2]である。この魅力的で滑稽なマニフェスト（アポリネールがアポリネールに捧げるバラ）は、わたしを大いに楽しませてくれたものだった。

3

それから十年ほどして、亡命してきたばかりのわたしは、フランスである青年と歓談していた。その青年は出し抜けにこう尋ねてきた。「あなたはバルトが好きですか？」。当時、わたしはもう素朴でなくなっていた。わたしにはテストをされているのが分かっていた。そして、この時期のロラン・バルト[3]がゴールドリストのトップにいることも知っていた。わたしはこう答えた。「もちろん好きだね。当然だよ！　きみはカール・バルト[4]のことを話しているんだろうね！　否定神学の創始者だ！　天才だよ！　カフカの作品は彼なしには考えられないのだから！」。わたしの試験官はカール・バルトの名前など一度も耳にしたことがなかった。しかし、わたしが不可侵中の不可侵の存在であるカフカと結びつけたので、彼にはもうなにも言うべきことがなくなった。議論は別の主題に移っていったが、わたしはじぶんの返答に満足していた。

4

　これと同じ時期、ある夕食の席で、わたしは別のテストをうけねばならなくなった。フランスのどの作曲家がもっとも好きですか、とある音楽好きが知りたがったのだ。ああ、状況というのは、こんなふうに繰り返されるものなのだ！「サン＝サーンスだけは絶対ダメだよ！」と答えることもできたのだが、わたしはひとつの思い出に誘惑されてしまった。一九二〇年代、わたしの父がダリウス・ミヨー(5)のピアノ曲をパリから持ち帰り、チェコスロヴァキアで現代音楽のコンサートのまばらな（とてもまばらな）聴衆のまえで演奏していた。この思い出に心をうごかされ、わたしはミヨーと「六人組(6)」全体への愛情をいだいていることを認めたのだ。第二の人生を生きはじめた国への愛情にみちていたわたしは、このような形でこの国への称賛を表明したいと願っていたから、その讃辞はことさら熱っぽいものになった。わたしの新しい友人たちは好感をもって耳を傾けてくれた。そしてその好意から、彼らは上品に、わたしが現代的だと見なしている者たちはずっとまえから現代的ではなくなっているので、せっかく讃辞を述べるなら、もっと別の名前を探すべきだとわたしに理解させようとした。

　じっさい、こういうこと、すなわちあるリストから別のリストに移ってしまうことは、たえず起こるのであって、ばか正直な者は簡単にその罠にはまる。アポリネールは一九一三年、ストラヴィンスキーにバラを捧げたが、一九四六年になって、テオドール・W・アドルノ(7)がシェーンベルク(8)にはバラをあたえる一方で、ストラヴィンスキーには厳かに糞をさずけることになるのを知らなかった。

そしてシオラン(9)！　わたしが彼を知ったころから、彼はあるリストから別リストへとうろうろすることしかできず、生涯の暮れ方になって、結局黒のリストに収まることになった。ちなみに、わたしがフランスに着いて間もないころ、彼のまえでアナトール・フランス(10)の話をすると、わたしの耳元に身をかがめ、いたずらっぽく笑いながら、こうささやいたのは彼だった。「こちらではその名前を大声で口にしてはならないよ。みんなに馬鹿にされるからな！」。

5

アナトール・フランスにつきしたがった葬列は、数キロの長さだった。やがて、すべてが逆転した。彼の死に興奮した四人の若いシュルレアリストの詩人(11)が、彼に反対するパンフレットを書いた。アカデミー・フランセーズの彼の席が空くことになって、別の詩人ポール・ヴァレリー(12)が選ばれ、その席にすわることになった。この儀式の慣例で、ヴァレリーは故人への讃辞を述べねばならなかった。伝説的になったその称賛演説のあいだ、彼はアナトール・フランスのことを話しながら一度も彼の名前を口にせず、この匿名の人物をこれみよがしな留保をつけて称えることに成功した。

じっさい、フランスの棺が墓穴の底にふれるや、彼にとってブラックリストへの行進がはじまった。どのようにしてか？　どちらかといえば限定された聴衆しかいなかった数人の詩人たちの言葉が、その百倍も多くの読者に影響をおよぼす力をもっていたからだろうか？　彼の棺のうしろで行進したあの数千もの人びとの敬愛は、どこに消えたのだろうか？　ブラックリストは、どこからその力を引きだすのか？　ブラックリストが従う秘密の指令は、どこからくるのだろうか？

サロンからである。フランスほど、サロンが大きな役割を果たすところは世界のどこにもない。これは数世紀来つづく貴族的な伝統のおかげ、それから、狭い空間に一国の知的エリートたちがすし詰めになり、さまざまな意見をこしらえるパリのおかげである。このエリートたちはその意見を批判的な研究、学術的な議論ではなく、見事な名文句、言葉遊び、鮮やかな手厳しさなどによって広める（その結果、分権化された国は悪意を薄め、集権化された国は悪意を凝縮することになるのだ）。さらにシオランについて。わたしが彼の名前はあらゆるゴールドリストのうえで輝いていると確信していた時期、ある名高い知識人に出会った。「シオランだって？」と彼はしげしげとわたしの目を見ながら言った。それから、長く押し殺したような笑いを浮かべて、「虚無のダンディーさ……」。

6

わたしが十九歳だったとき、五歳ほど年長の友人、――(わたしと同じように)断固とした共産主義者で、戦争中の対独レジスタンス運動のメンバーだった(命を賭けた正真正銘のレジスタンスの闘士で、そのためにわたしが心酔していた)――その友人が、ある計画を打ちあけた。それはすべてのクイーン、すべてのキング、すべてのジャックがスタハーノフ運動[13]の労働者、党員、もしくはレーニンなどに代えられるトランプ・ゲームの新版を発行しようというものだった。トランプにたいする人民の古くからの愛好と政治教育を組み合わせるのは、悪くないアイディアではないか?

やがてある日、わたしはチェコ語訳の『神々は渇く』を読んだ。主人公のガムランはジャコバン党の若い画家だったが、彼はキング、クイーン、ジャックが〈自由〉〈平等〉〈友愛〉に代えられる新しいトランプ・ゲームを考案していた……。わたしはずっと仰天したままだった。〈歴史〉とは変奏曲の長い連続にすぎないのか? というのも、わたしはこの友人がアナトール・フランスなどただの一行も読んだことがないのを確信していたからだ(いや、一度も読んだことはない。わたしはそのことを彼に訊いてみたのだ)。

7

青年だったわたしは、独裁制の深淵に落下しつつあった世界で、じぶんの方向を見定めようとしていた。その独裁制が具体的な現実になるとは、だれにも予見されず、望まれず、想像もされていなかった。とくにその到来を望み、喝采した者たちがそうだった。だから、当時この未知の世界について、なにかしら明晰なことを言ってくれそうな唯一の本が、わたしには『神々は渇く』だったのである。

ガムラン、トランプ・ゲームの新版を考案したこの画家は、たぶん「政治参加した芸術家《アルティスト・アンガジェ》」の最初の文学的形象かもしれない。共産主義の初期に、わたしはどれくらいそのような人間をまわりに見たことか！　とはいえ、フランスの小説のなかでわたしを魅了したのは、ガムランの密告ではなく、ガムランの謎だった。わたしが「謎」と言うのは、結局数十人もの人間をギロチン送りにすることになるこの男は、別の時代であれば、きっと親切な隣人、よき同僚、才能ある芸術家だったにちがいないからだ。文句なしに誠実な男が、どうしてじぶんのうちに怪物を隠していられるのだろうか？　政治的に平穏な時期にも、この怪物は彼のうちに潜んでいるのだろうか？　こっそりと見つからないように？　あるいは、それでもなんとなく感じられるように？　恐ろしいガムランたちを知ったわたしたちは、こんにちわたしたちを取りまいている親切なガムランたちのなかに眠っている怪物を、ちらりとでもかいま見ることができるのだろうか？

わたしの祖国では、人びとがイデオロギー的な幻想を厄介払いしているあいだに、「謎としてのガムラン」は彼らの関心を引かなくなってしまった。卑劣な野郎は卑劣に決まっている。なにが謎だというのか、といったふうに。実存的な謎は政治的な確信の蔭に姿を消してしまったのだ。そして確信は謎などはなから相手にしない。だからこそ、人びとは彼らが生きた経験の豊かさにもかかわらず、つねに歴史的試練のなかに入ったのと同じように愚かしく、その歴史的試練の外に出るのである。

8

ガムランのアパルトマンのちょうど真上の屋根裏に小部屋がひとつあって、元銀行家で最近財産を没収されたブロトーが住んでいる。ガムランとブロトーはこの小説の両極である。ふたりの奇怪な対立において、犯罪に対立するのは美徳でなく、革命を打倒しようとする反革命でもない。ブロトーはどんな闘いもしない。彼には支配的な思想とじぶん自身の思想とを対決させようといった野心もない。彼が要求するのはただ、革命が許容しない考えをもち、革命のみならず、〈神〉が創ったままの人間をも疑う権利だけである。わたしの態度が形成されつつあった時期、このブロトーひとりがわたしを魅了した。それは、しかじかの彼の具体的な考えのためではなく、信じることを拒否する人間としての態度のためだった。

　のちになってわたしは、ブロトーのことを考えながら、共産主義の時期に体制に反対するふたつの基本的な態度があることに気づいた。ひとつは信念に基づく反対、そしてもうひとつは懐疑に基づく反対。教訓的な対立と反道徳的な反対。ピューリタン的な反対と自由思想的《リベルタン》な反対。前者は共産主義がイエスを信じないことを非難し、後者は共産主義が新しい〈教会〉に変わろうとしていることを非難する。前者は共産主義が堕胎を認めることに憤慨し、後者は共産主義が堕胎を困難にすることを非難する（このふたつの態度は共通の敵に眼を曇らされ、両者の相違をほとんど見ていなかった。その相違は共産主義が消え去ったあとになってから、ますます強く際だってくるようになった）。

9

　ところで、わたしの友人と例のトランプ・ゲームはどうなったのか？　ガムランと同じように、彼もまたじぶんのアイディアを売りだすことに成功しなかった。しかしわたしは、そのことで彼が落胆したとは思わない。というのも、彼にはユーモアのセンスがあったからだ。彼がわたしにその計画のことを話したとき、笑っていたのを思いだす。彼はじぶんのアイディアの滑稽さに気づいていたが、それと同時に、いったいどうして滑稽なアイディアが、善き大義に有益でないことがあろうかとも考えていたのだ。ここで彼をガムランと比較してみると、ふたりを隔てているのはユーモアのセンスであり、そしてきっと、そのユーモアのおかげで、わたしの友人はけっして冷血漢になれなかっただろうと思われる。

アナトール・フランスの小説にあっては、ユーモアは（控え目にではあるが）たえず存在している。『鳥料理レーヌ・ペドーク亭』となると、ひたすらユーモアを楽しむことしかできない。だが、〈歴史〉の最悪の悲劇のひとつである血なまぐさい現場で、いったいユーモアになにができるというのか？　ところが、ユニークで、新しく、感嘆すべきなのは、まさしくそれなのである。つまり、これほど重大な主題の、なかば義務的な悲壮感に抵抗できるということである。というのも、ただユーモアのセンスだけが他人におけるユーモアの欠如を察知できるからだ。しかも恐怖とともにそれを察知することができるのだ！　ただユーモアの明晰さだけがガムランの魂の奥底に彼の暗い秘密、つまり真面目さの砂漠、ユーモアのない砂漠を発見できたのである。

10

『神々は渇く』の第十章。そこには軽快で、陽気で、幸福な雰囲気が凝縮されている。そこから小説全体に光が広がるのであり、この章がなければ、小説はひたすら陰気になり、魅力をそっくりなくしてしまうことだろう。〈恐怖政治［一七九三―九四年］〉のもっとも暗黒の日々のあいだ、何人かの若い画家たち、ガムランとその友人デマイ（好感がもてる剽軽者の女好き）、（他の若い女たちを伴った）有名女優、（じぶんの娘で、ガムランの婚約者だったエロディーを連れた）版画商、またブロトーさえも（もっとも、彼もまたアマチュア画家だった）が、いっしょに愉快な二日間を過ごすために、パリ郊外に遠足に出かける。この短い期間に彼らが体験するのは、平凡でささやかな出来事だけだが、まさに平凡さこそが幸福に輝いているのだ。唯一のエロティックな冒険（デマイと、骨格が奇怪な二重の形になっているので、背丈よりも横幅のほうが長い若い娘(14)との性交）も、グロテスクで取るに足らないものだが、やはり幸福なのである。最近革命裁判所の一員になったガムランはこの一団のなかで心地よく感じるが、（いずれ彼の犠牲者となり、ギロチンにかけられることになる）ブロトーもまた同じ気分なのだ。彼らは全員、お互いの好意、〈革命〉とその空疎な雄弁にたいして、大多数のフランス人がすでに覚えている無関心からくる好意によって結びついている。この無関心はもちろん、慎重に覆い隠されているので、ガムランは気づかない。彼は他人たちといっしょにいることに満足している。この同じとき、彼は彼らのあいだでまったく孤立（まだそれと知らないものの、孤立）していたというのに。

11

まる一世紀のあいだ、アナトール・フランスの名前をブラックリストに載せることに成功した者たちは小説家ではなかった。詩人たちだった。まず、シュルレアリストたち。アラゴン（小説家への彼の大転向にはまだ間があった）、ブルトン、エリュアール、スーポーたちだ（各人がそれぞれ共同のパンフレットにじぶん自身のテクストを書いたのである）。

断固とした前衛主義者だった彼らは全員、あまりにも公的だったアナトール・フランスの栄光に苛立った。まぎれもない抒情詩人だった彼らは、じぶんたちの反感を同じキーワードに込めた。アラゴンは故人を責めてこう言った。「イロニー」と。エリュアールは「懐疑主義、イロニー」と。ブルトンは「懐疑主義、レアリスム、心情の欠如」と。したがって、彼らの暴言にはひとつの意味、ひとつの論理があったことになる。たとえ、正直なところ、ブルトンの筆になるこの「心情の欠如」という言葉が、わたしをいささか面食らわせるのは事実だとしても。偉大な〈非-順応主義者〉であった彼が、こんなにも使い古されたキッチュ[15]な言葉の鞭で、死者を懲らしめたいと欲したのだろうか？

ちなみに、『神々は渇く』のなかで、アナトール・フランスもまた心情について語っている。ガムランは新しい同僚たち、大急ぎで被告を死刑にするか、釈放するかしなければならない〈革命〉の裁判官たちのなかにいる。以下はフランスが彼らをどう描いているかである。「一方にはどんな情熱にも駆り立てられていない無関心な者たち、生温い者たち、理屈っぽい者たち、他方には感情に流されるままになり、論証には鈍感らしく、心情によって裁く者たち。この者たちこそがかならず有罪判決を下すのだ」［傍点筆者］。

　ブルトンは慧眼だった。アナトール・フランスは心情というものを大して評価していなかったのである。

12

　ポール・ヴァレリーが優雅にアナトール・フランスを皮肉った演説は、さらに別の理由でも画期的だった。アカデミー・フランセーズの演壇でなされた小説家——わたしが言うのはその重要性がほとんど全面的に小説に基づいている作家のことだ——についての最初の追悼演説だったということである。じっさい、フランス小説のもっとも偉大な世紀だった十九世紀のあいだずっと、小説家はどちらかといえばアカデミーに無視されていたのである。これは非常識なことではなかろうか？

　かならずしも非常識とばかりは言えない。というのも、小説家の人格がその思想、態度、道徳的規範などによって一国民を代表するといったたぐいの人格の概念に即応するものではなかったからである。アカデミーがごく当然のこととして会員に求めていた「偉人」という地位は、ひとりの小説家が切望するものではない。小説家が熱望するのはそんなことではないのだ。その芸術の本性からして、小説家は表に出ず、いかがわしく、皮肉屋《イロニック》じみた存在なのだ（そう、皮肉屋だ。彼らのパンフレットのなかで、シュルレアリスムの詩人たちはそのことをとてもよく理解していた）。そしてとりわけ、小説家は彼らの人物の蔭に隠れているので、なんらかの信念、態度には容易に単純化できない存在なのだ。

にもかかわらず、もし何人かの小説家が「偉人」として共同の記憶のなかに残ったとしても、それはたんなる歴史的偶然の戯れの結果にすぎず、彼らの本にとっては、つねに不幸なことに変わりはないのである。

わたしはトーマス・マンのことを考える。彼は自作の小説のユーモアを理解してもらおうと全力を尽くした。感動的だが空しい努力だった。なぜなら、彼の祖国の名前がナチズムによって汚されていた時代、文化の国だった古いドイツの継承者として世界に訴えることができるのは、彼ひとりだったからだ。彼の置かれた状況の重大さのせいで、どうしても彼の本の魅力的な微笑が覆い隠されてしまうことになったのである。

わたしはマクシム・ゴーリキーのことを考える。彼は貧しい人びとや彼らの断圧された革命（一九〇五年の革命〔十二月の労働者武装蜂起〕）に際して、なにかよいことをしたいと望み、このうえない駄作である小説『母』を書いた。ところが、ずっとあとになって（共産党のエリート政治局員の命令によって）この『母』がいわゆる社会主義文学の聖なるモデルになった。彫像にまで祭りあげられた彼の人格の蔭に、（ひとが思いたがるよりずっと自由で美しい）彼ののちの小説は消え去ってしまった。

またわたしはソルジェニーツィンのことを考える。この偉大な人物は偉大な小説家だったのだろうか？　どうしてそんなことをわたしが知りえようか？　わたしは彼の本を一冊として一度も開いたことがないのだ。いつも大反響を呼ぶ彼の意見の表明（わたしはその勇気に喝采したが）によって、わたしは彼が言うはずのことをあらかじめ知っていると思っていたのである。

13

『イーリアス』はトロイア陥落のずっとまえ、戦争の帰趨がまだはっきりせず、有名な木馬がオデュッセウスの頭にさえないときに終わる。というのも、それが最初の偉大な叙事詩人が定めた命令だからである。個人の運命の時間と歴史的出来事の時間をけっして一致させてはならないという命令だ。最初の偉大な叙事詩は、個人の運命の時間に合わせたリズムになっているのである。

『神々は渇く』においては、ガムランはロベスピエールと同じ時期に斬首される。彼はジャコバン党の権力と同じ時に息絶える。彼の人生のリズムは〈歴史〉のリズムにかぶさっているのだ。わたしは心密かに、ホメーロスの命令に違反したことでフランスを責めていたのだろうか？　そうだ。しかし、のちになって意見を改めた。というのも、彼の運命の残酷さ、まさにそれこそが問題だからである。つまり、〈歴史〉は彼の思想、感情、行動ばかりでなく、彼の人生の時間、リズムまでも呑みこんでしまうということだ。彼は〈歴史〉に食われてしまった人間であり、〈歴史〉の人的埋めくさでしかなかったのだ。そして、この小説家は大胆にもその残酷さを捉えようとしたのである。

したがってわたしは、〈歴史〉の時間と主人公の人生の時間の一致がこの小説の欠陥だとは言うまい。とはいえ、それがこの小説のハンディキャップであることを否定しようとは思わない。なぜなら、このふたつの時間が一致しているために、読者は『神々は渇く』を「歴史小説」、〈歴史〉の例証として理解するよう誘われるからだ。これはフランスの読者にとって避けられない罠である。なにしろ、この国では〈大革命〉は聖なる出来事であり、国民的議論に変わっているのだから。そしてこの議論が延々とつづき、人びとを分裂させ、互いに対立させる結果、〈大革命〉の叙述として現れる小説が、ただちに倦むことを知らない議論に嚙み砕かれてしまうことになるのである。

このことが、なぜ『神々は渇く』がいつも、フランス国内よりもフランス国外でよく理解されてきたのかを説明する。というのも、それが〈歴史〉の限定された一時期にあまりにもぴたりと貼り付けられた筋立てをもつ、あらゆる小説の宿命だからである。同国人はついつい、じぶん自身が体験したか、熱っぽく議論したことのドキュメントをそこに求めてしまう。彼らは小説があたえる〈歴史〉像がじぶんのものと照応しているかどうかと考え、著者の政治的意見を解読し、批判してやろうとじりじりしている。これは小説を台なしにする、もっとも確実な読み方である。

　というのも、小説家においては、知りたいという情熱は政治も〈歴史〉も対象としないからである。あらゆる種類の何千もの学術書でさんざん叙述され、議論された出来事について、小説家はまだ新しいなにかを発見できるのか？　疑いもなく、フランスにおける〈恐怖政治〉はぞっとするような様子に見える。だが、反革命のあふれんばかりの幸福感のうちに進行する最終章をよく読んでいただきたい！　人びとを革命裁判所に密告した美男の竜騎兵アンリは、勝者たちのあいだでふたたび輝いている！　愚かで狂信的な王党派青年たちがロベスピエールをかたどるお化け人形を燃やし、マラーの肖像をランタンに吊す。いや、小説家は〈大革命〉を断罪するためではなく、立役者たちの謎、それとともに他の謎を検証するためにこの小説を書いたのだ。恐怖のなかに紛れこんだ喜劇的なものの謎、惨事に伴う退屈さの謎、斬られた頭を喜ぶ心情の謎、人間的なものの最後の避難所としてのユーモアの謎……。

14

周知のように、ポール・ヴァレリーは小説という芸術を大して重視していなかった。

このことは彼の追悼演説によく読みとれる。ただアナトール・フランスの知的な態度だけが彼の関心を引くのであり、その小説ではない。このことにおいて、彼はけっして熱心な弟子たちに不足しなかった。わたしはフォリオ文庫（一九八九年版）の『神々は渇く』を開いてみる。巻末の「書誌」では、この著者について書かれた五冊の本が勧められている。以下がそれである。『論争家アナトール・フランス』『情熱的な懐疑主義者アナトール・フランス』『懐疑主義の冒険（アナトール・フランスの知的変遷試論）』『彼自身によるアナトール・フランス』『形成期のアナトール・フランス』。これらの表題はなにが注目されているのかよく示している。第一に、フランスの伝記、第二に当時の知的対立にたいする彼の態度である。しかし、なぜこれらの人びとが本質的なことにけっして関心をもたなかったのだろうか？　アナトール・フランスはその作品によって、人生についてかつて言われたことがない何事かを語ったのだろうか？　彼は小説芸術になにか新しいものをもたらしたのだろうか？　そして、もしそうなら、彼の小説の詩学をどのように記述し、定義すればよいのか？

ヴァレリーは（たった一行の短い文章に）フランスの本にトルストイ、イプセン、ゾラの本をならべ、これらを「軽い作品」と形容している。期せずして、悪意が讃辞になることがときどきあるのだ！　感嘆すべきは、アナトール・フランスが〈恐怖政治〉の時代の重さを軽い文体で扱うことができたということなのである。彼の世紀のどんな偉大な小説にも比類のない軽さ！　この軽さはなんとなく、これに先立つ世紀の、『運命論者ジャックとその主人』もしくは『カンディード』のことを思わせる。しかしディドロあるいはヴォルテールにあっては、話法の軽さは日常的な現実が目に見えず、言葉にされない世界を上から見下すものである。逆に『神々は渇く』には、日常的なものの平凡さ、この十九世紀小説の大発見がつねに存在している。それは長い描写によってではなく、むしろ細部、考察、短いが驚くべき観察によってである。この小説は耐えがたいまでに劇的な〈歴史〉と耐えがたいまでに平凡な日常性との共存、人生のこのふたつの対立する側面がたえずぶつかり、矛盾し、互いに相手を茶化すのだから、イロニーにきらめく共存なのだ。この共存がこの小説の大きなテーマのひとつ（大量虐殺の時代の日常性）でありながらも、同時にこの本の文体を創りだしているのである。だが、これで充分だろう。わたしはじぶん自身でアナトール・フランスの小説の審美的分析をしたくはない……。

15

わたしがそうしたくないのは、それだけの用意がないからだ。わたしは『神々は渇く』あるいは『鳥料理レーヌ・ペドーク亭』などをしっかり記憶に保っている（これらの小説はわたしの人生の一部になっている）。しかし、アナトール・フランスの他の小説はわたしのうちに漠然とした思い出を残しただけで、なかにはまったく読まなかったものもある。もっともわたしたちはそんなふうに、小説家を、わたしたちが大好きな小説家でさえも知っているにすぎないのである。わたしが「ジョゼフ・コンラッドが好きだ」と言うと、わたしの友人は「ぼくは、それほどでもないな」と言う。だが、わたしたちは同じ著者のことを話しているのだろうか？　わたしはコンラッドの二冊の小説を読んだが、わたしの友人は一冊しか読んでいず、その一冊をわたしは知らない。ところが、わたしたちのそれぞれは、いたって無邪気にも（無邪気な無遠慮さで）コンラッドについて正しい考えをもっていると確信しているのだ。

これはあらゆる芸術の状況だろうか？　かならずしもそうではない。もしわたしがマティスは二流画家だと言ったなら、あなたはどこかの美術館で十五分ほど過ごすだけで、わたしが愚か者だと理解するのに充分だろう。しかし、どうしたらコンラッドの全作品を読みなおすことができようか？　そんなことをすれば、何週間もかかるだろう！　さまざまな芸術はそれぞれ異なった仕方でわたしたちの頭脳に近づくのであり、それぞれ別の容易さ、別の速さ、別の避けがたい単純化の度合い、そして別の不変性をもって定着するのである。わたしたちはみな文学史について語り、それがなんであるかも知らずに、文学史を引きあいに出す。しかし共同の記憶のなかの文学史とは、具体的になんであるのか？　断片的なイメージで縫い合わされたパッチワークであり、まったくの偶然によって、何千もの読者がそれぞれじぶんのために作るものにほかならない。このような曖昧模糊とした、空しい記憶の穴のあいた空のもとで、わたしたちは全員、ブラックリストに、すなわちつねに馬鹿馬鹿しい優雅さの猿まねをしようとしている、一方的で確認のしようがない判決に踊らされるのである。

16

わたしは、一九七一年八月二十日の日付があり、ルイと署名された一通の古い手紙を見つける。このかなり長い手紙は、わたし自身が書いた（だが、もうなんの思い出も残っていない）ものにたいする返事だった。彼は前月に体験したこと、出版しようとしている彼の本（九月十日刊行の『マティス』など……）のことを知らせている。そしてこのような文脈のなかで、わたしは次のような一節を読む。「アナトール・フランスについてのパンフレットにはなんの興味もありません。わたしはじぶんの不遜な記事が載っている文書をまだもっているとも思いません。以上」。

わたしはアラゴンが戦後に書いた小説、『聖週間』『死刑執行』などはなかなかいいと思った。そののち、彼が『冗談』に序文を書いてくれたとき、わたしは彼と個人的に知り合えることにうっとりとして、彼との関係を引き延ばそうとした。わたしは話をもたせるために、好きなフランスの作曲家はだれですかと尋ねた、あのタクシーの婦人を相手にしたのと同じように振る舞った。アナトール・フランスに反対するシュルレアリストたちのパンフレットを知っているのを若干自慢するために、わたしはきっと手紙のなかでアラゴンにそのことを質問したにちがいないのである。いまとなっては、わたしには彼の軽い失望が想像できる。「あの不遜で哀れな記事だけが、わたしがかつて書いたすべてのもののうち、このクンデラという奴の関心を引く唯一のものなのか?」。また(ずっと気をめいらせて)「われわれのうちで、なんの興味も引かないものしか将来残らないというのだろうか?」。

17

わたしは終止符に近づいている。お別れに、わたしはもう一度第十章、小説の冒頭三分の一のところで灯され、その後柔らかな微光で小説を最後の頁まで照らしつづける、あの電球のことを思い起こすことにしよう。友人たち、ボヘミアンたちのちいさな一行が、二日間パリから逃げだし、田舎の宿屋に落ち着く。みんなが冒険を求めているが、たったひとつの冒険が実現するにすぎない。夜の帳が下り、愛すべき女好きの剽軽者デマイが屋根裏に一行のひとりの娘を探しにくる。その娘はいなかったが、彼は別の娘を見つける。宿屋の女中で、骨格が奇怪な二重の形になっているので、背丈よりも横幅のほうが長い怪物のような娘である。彼女はそこで眠り、寝間着がめくれ、両足が開いている。デマイはためらわず、彼女にセックスしてやる。この短い性交、この愛すべき強姦は短いパラグラフのなかであっさりと描かれる。このエピソードのうち、重いもの、見苦しいもの、自然主義的なものがなにも残らないように、翌日一行が出発しようとしているあいだ、その同じ二重の骨格がある娘は、上機嫌で幸福そうに梯子に登り、下の彼らのほうに花を投げてやることで、全員に別れを告げる。それから二百頁先の、小説の終わりでは、二重の骨格がある娘にセックスをしてやったのと同じ優しい女好きのデマイが、今度はすでにギロチンにかけられた友人のガムランの婚約者、エロディーのベッドのなかにふたたび見られる。そしてこれらのことには、どんな悲壮感も、どんな非難もなく、どんな苦笑もなく、ただ軽い、ごくごく軽い悲しみのヴェールがあるばかりなのだ……。

第四部

完全な相続への夢

ラブレーとミューズ嫌いについての対話

ギー・スカルペッタ[1]**（以下Sと略す）**　私はあなたのこんな言葉を覚えています。「わたしはいつも、ラブレーがフランス文学にあたえた影響の少ないことに驚いている。もちろんディドロがいる。それからセリーヌ。しかし、それ以外はどうなのか？」。あなたはまた、ジッドが一九一三年に、フロマンタン[2]を小説の巨匠たちのうちに入れているのに、ラブレーをそこから外していることに注意を促しておられる。では、あなたにとっては？　あなたにとってラブレーはどういう意味をもっているのですか？

ミラン・クンデラ（以下Kと略す）　『ガルガンチュワ＝パンタグリュエル物語』は先駆的な小説です。これは奇跡的な好機とも言える時期のもので、小説という芸術はまだ芸術として成立せず、したがってまだ範囲が規範的に限定されていませんでした。小説が、特有のジャンルというか、（より適切には）自立的な芸術として自他ともに認められるようになるや、その原初の自由は狭められ、この芸術の性格に対応するか否か（小説であるか否か）を宣言できると考える審美的な検閲官たちが登場し、やがてそれなりの習慣と要求をもつ読者層も出てくるようになります。この小説の原初の自由のおかげで、ラブレーの作品にはかぎりない審美的可能性が潜んでいることが分かったのです。その後の小説の変遷のなかでいくつかの実現された可能性もあれば、けっして実現されることのなかった可能性もあります。ところが、小説家は実現されたもののすべてのみならず、可能だったものをも遺産としてうけとっている。ラブレーはそのことを小説家に思いださせてくれるのです。

S　それでは、セリーヌがラブレーをかつぎだした稀な、おそらく唯一のフランスの小説家ということになるのですか？　あなたは彼のテクストをどう思われますか？

K　セリーヌはこう言っています。「ラブレーは仕損じた。彼が望んでいたのは、みんなのための言語、真の言語だった。彼は言語を大衆化し［……］話し言葉を書き言葉に移してやることを願っていた」。ところが、セリーヌによれば、勝ったのはアカデミックな文体だったという。「いや、フランスではもうラブレーが理解できない。フランスは気取りすぎになったからだ」。そう、たしかにある種の気取り《プレシオジテ》がフランス文学、フランス的精神の呪いだとはわたしも思います。逆に、セリーヌのこの同じテクストのなかのこんな文章を読むと、いささかためらいも覚えるのです。「以上がわたしの言いたかった肝心な点だ。残り（想像力、創造力、喜劇的なものなど）は、わたしの関心を引かない。言葉、言葉だけが問題なのだ」。セリーヌがこう書いた時期、一九五七年ですが、彼はまだ、そのような審美的なものの言語学的なものへの還元が、（彼なら疑いもなく嫌ったにちがいない）未来の大学教授たちの愚行の原理のひとつになるのを知ることができなかった。じっさい、小説はまた人物たち、筋立て（ストーリー）であり、構成であり、文体（様々な文体の調子）であり、機知であり、想像力の性質でもあるのですから。たとえば、ラブレーにおけるあの文体の花火というべきものを思ってもみてください。散文、詩句、珍妙な列挙、学術的な言説のパロディー、瞑想、アレゴリー、書簡、写実的な描写、対話、独白、パントマイム……。言語の大衆化を語るだけでは、このような形態の豊かさをなんら説明できません。この豊かさは名人芸的で、開放的で、遊戯的で、幸福感にみち、きわめて人為的です（人為的というのは、ここでは「気取った」を意味しません）。ラブレーの小説の形態的な豊かさは比類のないもので、これこそその後の小説の変遷のなかで忘れられた可能性のひとつだと思われます。これがふたたび見いだされるのはその三世紀半後、ジェイムズ・ジョイスにおいてです。

S　フランスの小説家たちのそのようなラブレーの忘却に反して、外国の多くの小説家にとって、ラブレーは必要不可欠な典拠になっています。あなたがジョイスに言及されたのは当然ですが、ガッダ[3]のこと、さらにまた何人かの現代作家のことも考えられますよね。私はダニロ・キシュ、カルロス・フエンテス、ゴイティソーロ[4]、あるいはあなたご自身がいつも熱心にラブレーの話をされるのを聞いてきました[5]……。したがって、まるでこの小説というジャンルの「起源」が自国では過小評価され、外国ではわが物と主張されるといった事態になっているかのようです。このような逆説をあなたはどのように説明されますか？

K　わたしにはこの逆説の表面的な側面しか話せません。わたしが十八歳だったころに魅了されたラブレーは、見事な現代チェコ語で書かれたラブレーでした。ラブレーはこんにちでは理解しづらい古いフランス語で書いているので、フランス人には（出来のいい）翻訳をとおして彼を知った者たちよりも、ずっと時代遅れで、古めかしく、どこか学校教育的なものに思われるのでしょう。

S　ラブレーはいつチェコスロヴァキアで翻訳されたのですか？　だれによって？　どのように？　そしてその翻訳の行く末はどのようなものだったのですか？

K　翻訳は「ボヘミアのテレーム」と呼ばれるロマンス語学者・文学者のちいさな集団によってなされました。『ガルガンチュワ』が一九一一年に公刊され、五部作全体は一九三一年に出版されました。これに関して、ひとつ指摘しておくべきことがあります。三十年戦争(6)のあと、文学的な言葉としてのチェコ語はほとんど消え去っていたということです。十九世紀になってチェコ国民が（他の中央ヨーロッパの諸国民と同じように）再生しはじめたとき、その賭けはチェコ語を他の言語に負けないヨーロッパ語にするというものでした。ラブレーの翻訳に成功する、それはある国語の成熟を示すなんと輝かしい証拠だったでしょう！　チェコ小説のもっとも偉大なモダニストだったヴラディスラフ・ヴァンチュラ(7)（一九四二年ドイツ軍に銃殺されて死亡）は情熱的なラブレー信奉者でした。
S　では、他の中央ヨーロッパでのラブレーはどうでしたか？
K　ポーランドにおける彼の運命は、チェコスロヴァキアにおけるのとほぼ同じでした。タデウシ・ボイ・ジェレニスキー（彼もまた一九四一年にドイツ軍によって銃殺）の翻訳は素晴らしいもので、ポーランド語で書かれた偉大なテクストのひとつです。そしてこのポーランド化されたラブレーにゴンブローヴィチが魅惑されたのです。彼がじぶんの「師匠たち」について話すとき、一気にこういう名を挙げています(8)。ボードレール、ランボー、そしてラブレーと。ボードレールとランボーはあらゆる現代芸術家の通常の準拠でしょうが、ラブレーを引きあいに出すのはずっと稀です。フランスのシュルレアリストたちは彼のことをあまり好みませんでした。中央ヨーロッパの西側では、前衛的なモダニズムは青臭く反伝統的で、ほとんどもっぱら抒情詩において実現されました。ゴンブローヴィチのモダニズムはちがいます。それはなによりもまず、小説のモダニズムだったのです。それから、ゴンブローヴィチは伝統の諸価値に青臭い異論をとなえずに、むしろ「再構築」「再評価」（ニーチェ的な意味の「すべての価値の価値転換〈Umwertung aller Werte〉」）をすることを欲していました。対としての、計画としてのランボーとラブレー、これはそのような諸価値の転換（Umwertung）、新しい展望、わたし自身が考えているようなモダニズムのもっとも偉大な人物たちにとっては、有意味な展望だと思えます。

S　フランスの学校教育の伝統（たとえば、文学の教科書にあらわされている伝統）では、ラブレーを「真面目さの精神」に帰着させ、彼をたんなるユマニスムの思想家にする傾向が見られます。——これは彼の作品に血液を送っている遊戯、陽気さ、奇抜さ、淫猥さ、笑いの部分、すなわちバフチン[9]が強調した「カーニバル的」な部分を犠牲にしてのことです。このような還元、もしくは削除をどのように評価されますか？　ここにあなたによれば小説というジャンルの本質そのものを特徴づける、あらゆる正当性、あらゆる積極的な思想にたいするあのイロニーの部分の拒否を見るべきでしょうか？

K　それはイロニー、奇抜さなどの拒否よりさらに悪いものです。それは芸術への無関心、芸術の拒否、芸術へのアレルギー、いわば「ミューズ嫌い」と呼ぶべきものです。ラブレーの作品はどんな審美的考察からも遠ざけられてしまう。文学的な史料編纂や理論がだんだんミューズ嫌いになっていく現状では、ただ作家たちだけがラブレーについてなにか興味深いことが言えるのです。これはささやかな思い出ですが、あるインタビューで、サルマン・ルシュディ[10]はフランス文学のなかでなにがもっとも好きかと尋ねられると、「ラブレーと『ブヴァールとペキュシェ』[11]だ」と答えました。この答えは多くの教科書よりもずっと雄弁な言葉です。なぜ『ブヴァールとペキュシェ』なのか？　それは『感情教育』や『ボヴァリー夫人』の作者とは別のフロベール、非‐真面目なフロベールだからです。では、なぜラブレーなのか？　彼が小説芸術における非‐真面目さの開拓者、創始者、天才だからです。このふたつの準拠によって、ルシュディは非‐真面目さの原則を強調したのです。この非 - 真面目さの原則こそ、小説芸術のあの可能性のひとつ、小説史上ずっと顧みられなかった可能性なのですから。

（一九九四年）

ベートーヴェンにおける完全な相続への夢

わたしはすでにハイドンが、そしてモーツァルトが、彼らの古典的な作曲のなかで、ときどきポリフォニー［多声音楽］を復活させたのを知っている。しかしながら、ベートーヴェンにおいては、この同じ復活はそれよりもずっと粘り強く、考え抜かれたもののように思われる。わたしは彼の晩年のピアノ・ソナタのことを考える。作品番号一〇六の「ハンマークラヴィーア」の最終楽章は古いポリフォニーの豊かさのすべてを備えたフーガ［遁走曲］だが、新時代の精神によって生命を吹きこまれている。つまり、これまでのフーガよりもずっと長く、複雑で、響きがよく、劇的で、表現力が豊かなのだ。作品番号一一〇のソナタはさらにわたしを感嘆させる。フーガが第三（最終）楽章の一部になっているが、この楽章にはレチタティーヴォ［叙唱］の指示がある数小節のパッセージによる導入部がある（ここではメロディーが歌としての性格をうしなって言葉になり、とくに十六分音符、三十二分音符の同じ音の繰り返しによる、不規則なリズムを伴って激化される)。このあとは四部構成になっている。第一部はアリオーソ〔レチタティーヴォとアリアとの中間的性格をもつ曲〕(完全なホモフォニー〔単旋律音楽〕、つまりウナ・コルダ〔一弦〕のメロディーが左手の和音に伴われる。これは古典派的に晴朗な精神である)。第二部はフーガで、第三部は同じアリオーソの変奏である(同じメロディーが表現力を増し、訴える感じになる。これはロマン派的に引き裂かれた精神だ)。第四部は同じフーガの継続だが、主題が逆転されている(これはピアノ〔弱く〕からフォルテ〔強く〕に向かい、最後の四小節ではポリフォニーの痕跡をすっかりなくしたホモフォニーに変わる)。

　したがって、わずか十分ほどの短いあいだに、(導入のレチタティーヴォをふくむ)この第三楽章は情緒と形式の並外れた異質性によって際だっているのだ。しかしながら、聴衆はそのことに気づかない。それほどまでに、この複雑さは自然で単純な様相を呈しているのである(これは規範として役立つ。つまり、偉大な巨匠の形式上の変革にはつねに、なにか控え目なものがあるということである。これこそ真の完璧というべきなのだ。新しさが注目を浴びるのは、ただ卑小な巨匠においてのみなのである)。

　フーガ(ポリフォニーの模範的な形式)をソナタ(古典音楽の模範的な形式)のなかに導入することによって、ベートーヴェンはふたつの偉大な時代、すなわち十二世紀の最初のポリフォニーからバッハにいたる時代と、ひとがホモフォニーと呼ぶことに慣れているものに基づいた次の時代とのあいだの移行による傷跡に、手をふれたように思われる。あたかもこんなふうに彼が自問していたかのようだ。ポリフォニーの遺産はまだじぶんのものなのか？ もしそうなら、それぞれの声が聞き取れるものでなければならないポリフォニーを、（古く簡素なピアノが「ハンマークラヴィーア」に変わったのと同様に）豊かな響きのために個別の声を区別できないオーケストラという近年の発見に、どのように適合させることができるのか？ また、ポリフォニーの晴朗な精神は、どのようにすれば古典派とともに誕生した音楽の情緒的な主観性に抵抗できるのか？ これほど対立するこのふたつの音楽の概念は共存できるのか？ しかも同じ作品のなかで（作品番号一〇六のソナタ）、さらに緊密には、同じ楽章のなかで（作品番号一一〇最終楽章）共存できるのか？

わたしは、ベートーヴェンが始まって以来のヨーロッパの全音楽の相続者になることを夢みながら、彼のソナタを書いていたと想像する。わたしが彼にあたえるこの夢、大統合（どう見ても和解しがたいふたつの時代の統合）の夢、これが完全に実現するのは百年後、モダニズムのもっとも偉大な作曲家、なかんずくシェーンベルクとストラヴィンスキーにおいてである。このふたりはともに、全面的に対立する（あるいはアドルノが全面的に対立すると見たがった）* それぞれの道にもかかわらず、（たんに）彼らの直近の先駆者たちの後継者ではなく、これはまったく意識的にだが、音楽の全歴史の完全な（そしておそらく最後の）相続者だったのである。

＊　わたしはストラヴィンスキーとシェーンベルクの関係のことを「ストラヴィンスキーに捧げる即興」（『裏切られた遺言』第Ⅲ部）で詳細に語っている。ストラヴィンスキーの全作品は十二世紀から二十世紀への長い旅の形のヨーロッパ音楽史の要約である。シェーンベルクもまた音楽の全史の経験を彼の音楽のなかに収めているが、それはストラヴィンスキー的に、「水平に」、叙事詩的に、散策者のようにではなく、「十二音技法」という彼の唯一の統合のうちにおいてである。アドルノはこのふたつの美学を全面的に矛盾するものとして対立させているが、遠くからふたりを結びつけているものを見逃している。

原‐小説、カルロス・フエンテスの誕生日のための公開状

ぼくの大切なカルロス、

今日はきみの誕生日だが、ぼくにとっても同じだ。きみが生まれてから七十年、ぼくがプラハで初めてきみに出会ってからちょうど三十年になるのだ。ロシアの侵攻(1)の数ヶ月あと、きみはフリオ・コルタサル(2)、ガブリエル・ガルシア＝マルケスらとともに、ぼくらチェコの作家たちへの憂慮を表明するためにプラハにやってきてくれたのだった。その数年後、ぼくは当時きみがメキシコ大使だったフランスに落ち着くことになった。ぼくらはしばしば会い、いろんな雑談をしたものだ(3)。政治に関しては少しだけ、多くは小説についてだった。とりわけ、この第二の主題について、ぼくらは互いにとても近かった。

当時ぼくらが話し合ったのは、きみの大きなラテン・アメリカとぼくの小さな中央ヨーロッパとが驚くほど似ているということだった。世界のこのふたつの部分が同じよう

にバロックの歴史的記憶の痕跡をとどめ、そのことが作家を幻想的、夢幻的、夢想的な想像力にことのほか敏感にさせるのだと。それからもうひとつの共通点は、ぼくらの世界のふたつの部分が二十世紀の小説、——まあ、だいたいプルースト以後の、と言っておこう——現代小説の進展において決定的な役割を果たしたということだった。まず一九一〇年代、二〇年代、三〇年代はヨーロッパのぼくの部分のカフカ、ムージル、ブロッホ、ゴンブローヴィチなど一群の偉大な小説家たちのおかげだった（ぼくらは、ふたりがブロッホにたいして同じような感嘆の気持ちをいだいていることに驚いたものだった。この感嘆の気持ちは、彼の同国人たちが彼に覚える感嘆の気持ちよりもずっと大きく、またそれとは違ったもののように思える。ぼくらの意見では、彼は小説に新しい審美的可能性を開いてくれたと考えられるからだ。だから、彼はなによりもまず『夢遊の人々』の作者だったわけだ。それから、五〇年代、六〇年代、七〇年代は世界のきみの部分で小説の美学を変えつづけた、ファン・ルルフォ、カルペンティエル、サバト、そしてきみときみの友人たちの別の偉大な一群のおかげだった……。

ふたつの忠誠がぼくらの態度を決めていた。二十世紀の現代芸術の革命への忠誠。そして小説への忠誠。このふたつの忠誠はまったく一致しない。なぜなら、前衛（イデオロギー的に解釈された現代芸術）はつねに小説をモダニズムから遠ざけ、小説を時代遅れのもの、取り返しがつかないほど因習的なものと見なしたのだから。たとえのちの五〇年代になって、遅れてきた前衛たちがみずからの小説的モダニズムを創りだし、公表したとしても、彼らがそこに到達したのは、純然たる否定の道を経ることによってだった。つまり、人物なしの、筋立てなしの、物語なしの、できれば句読点なしの小説、当時は反‐小説「アンチ・ロマン」と呼ばれていた小説のことだ。

不思議なことに、現代詩を創った者たちは反‐ポエジーを書くなどとは主張しなかった。それどころか、ボードレール以来、詩的なモダニズムは徹底的にポエジーの本質、そのもっとも深い特性に近づくことを切望してきた。この意味で、ぼくは現代小説を反《アンチ》‐小説ではなく、原《アルシ》‐小説として想像する。原‐小説は第一に、ただ小説だけに言えることに専念する。第二に小説芸術がその歴史の四世紀来営々と蓄積してきたのに、軽視され、忘れられたすべての可能性を再生させる。ぼくは二十五年まえに、きみの『テラ・ノストラ』を読んだ。読んだのはひとつの原‐小説だった。これはそれが存在するし、存在できることの証拠になる。小説の偉大な現代性。その魅惑的で難しい新しさというものが。

カルロス、きみに口づけを送る。

ミラン

☆

わたしはこの手紙を一九九八年、《ロサンゼルス・タイムズ》紙に書いた。こんにち、これになにを付けくわえることができるだろうか？　ブロッホに関する次のような言葉だけである。

彼が生きた時代のヨーロッパの悲劇がそっくり彼の運命に刻まれた。彼は一九二九年、四十三歳の年に『夢遊の人々』を書きはじめ、この三部作の小説を一九三二年に完成させた。壮年期の輝かしい四年間だった。誇りにみち、自信満々の彼はこの当時、『夢遊の人々』の詩学を「なにからなにまで独創的な現象」（一九三一年の手紙）と見なし、これが「文学的進展の新しい局面」（一九三〇年の手紙）の端緒を画するものと考えていた。彼は間違っていなかった。だが、『夢遊の人々』が完成したばかりのころ、彼はヨーロッパで「虚無の横断がはじまり」（一九三四年の手紙）、「こんな恐怖の時代ではどんな文学も無益だ」（一九三六年の手紙）という感情に捉えられた。彼は投獄され、やがてアメリカへの亡命を強いられることになった（彼はもう二度とヨーロッパを見ることはないだろう）。そしてこの暗黒の年月に、彼は『ウェルギリウスの死』〔四五年英訳で出版〕を書いた。これはウェルギリウスが『アエネーイス』を破棄することを決心したという伝説に着想を得たものだった。この長編は小説形式で書かれた小説芸術への崇高な告別であると同時に、「死への私的な準備」（一九四六年の手紙）だった。じっさい、旧作の（優れた）手直しをおこなったことを除けば、彼は文学を、この「成功と虚栄の仕事……」（一九五〇年の手紙）を捨て[6]、（一九五一年の）死にいたるまで、学者の書斎に閉じこもった。（ハンナ・アーレントをふくめて）大学教授や哲学者たちは、彼の審美的放棄という精神的な悲壮感に眼が曇り、その芸術よりもずっと彼の態度や思想に関心を寄せることになった。これはきわめて残念なことだ。というのも、彼の死後に生き残ることになったのは、学者としての仕事ではなく、小説、とりわけ「なにからなにまで独創的」な詩学をもった『夢遊の人々』だからである。ここでブロッホは小説の現代性を形式的な可能性の大統合、それまであえてなされてこなかった統合の実験だと理解していたのだ。一九九九年の一年間ずっと、《フランクフルター・アルゲマイネ・ツァイトゥング》紙が全世界の作家たちにアンケートをおこなった。毎週、彼らのひとりが今世紀最高のものと思われる文学作品を選び（その選択を正当化）しなければならなかった。フエンテスは『夢遊の人々』を選んだ。

相続の全面的な拒否、あるいはヤニス・クセナキス(1)
(ふたつの間奏を伴う一九八〇年のテクスト)

1

ロシアのチェコスロヴァキア侵攻の二、三年後のことだが、わたしはヴァレーズ(2)とクセナキスの音楽に惚れこんだ。

わたしはなぜなのかと自問する。前衛的なスノビズムによってか？　この時代のわたしの孤独な生活においては、スノビズムなどまったく意味がなかった。専門的な関心によってか？　わたしはせいぜいバッハの作品構造は理解できても、相手がクセナキスの音楽となると、完全にお手上げで、学んだことも、手ほどきをうけたこともなく、したがって素朴な聴衆にすぎなかった。しかしながら、わたしは彼の作品を聴くことに心から喜びを覚え、貪欲に耳を傾けた。わたしにはその作品が必要だった。奇妙な安らぎをあたえてくれたからだ。

そう、いい言葉が出てきた。わたしはクセナキスの音楽に安らぎを見いだした。わたしはじぶんの人生と祖国のもっとも暗い時期のあいだに、彼の音楽の愛し方を知ったのだった。

しかし、なぜわたしがスメタナ(3)の愛国的な音楽ではなく、クセナキスに安らぎを求めたのだろうか？　スメタナには、死刑を宣告されたばかりのわが国民が永続できるという幻想を見いだせたかもしれないというのに？

わたしの国をおそった破局（その影響が数世紀にわたるかもしれない破局）によって引き起こされた失望は、ただ政治的な出来事だけに限られるものではなかった。その失望はあるがままの人間、すなわち残酷さをもっているが、またその残酷さを隠すための卑しむべき口実をいつも見つける人間、つねに感傷によっておのれの野蛮さを正当化する心づもりでいる人間にも関わるものだった。わたしは（公的な生活でも私生活でも）感傷的な動揺は粗暴さと矛盾するのではなく、粗暴さと一体になり、その一部をなすのだと理解したのだった……。

2

二〇〇八年、わたしはこう付けくわえる。――じぶんの古いテクストのなかにある、

「死刑を宣告されたばかりのわが国民」とか、「わたしの国をおそった破局［……］その影響が数世紀にわたるかもしれない」などといった文言を読みながら、わたしはとっさに、そこを削除したいと思った。なぜなら、現在ではそんな文言は馬鹿げて見えるからだ。やがて、わたしは自制した。そしてじぶんの記憶が自己検閲したがっていることをやや不愉快に感じた。これこそ記憶の〈栄光〉と〈悲惨〉なのだ。記憶は過去の出来事の論理的な筋道を忠実に保つことができるのを誇りとするが、わたしたちがその出来事を体験する、その仕方については、真実にたいするどんな義務にも拘束されないと感じているのだから。これらの些細な語句を削除することで、わたしはじぶんの記憶はどんな嘘の罪もおかすわけではないと感じていた。もしわたしの記憶が嘘をつきたがったとすれば、それは真実のためではなかっただろうか？　というのも、〈歴史〉はその間にロシアのチェコスロヴァキア占領のことをたんなる一挿話にし、世界がその挿話のことをすっかり忘れてしまったのは、いまとなっては明らかではないか？

もちろん、そうだ。とはいえ、わたしとわたしの友人たちは、そのエピソードを希望のない破局として体験したのだった。そしてもし、ひとがわたしたちの当時の気分のことを忘れるなら、その時代の意味も、その影響も、なにもかも理解できなくなってしまうだろう。わたしたちの絶望、それは共産主義体制ではなかった。諸体制は登場し、やがて消え去ってゆくものだ。しかし、文明の境界線は存続する。そしてわたしたちは、別の文明によってじぶんたちが呑みこまれるのを見たのだった。ロシア帝国の内側では、他の多くの国民がみずからの言語とアイデンティティまで喪失しようとしていた。そこでわたしは一挙に、このような明白なこと（このような驚くほど明白なこと）を理解したのである。つまり、チェコ国民は不滅ではなく、存在しないこともまたありうるのだと。心に焼きついたそのような考えがなかったなら、クセナキスへのわたしの奇妙な愛着を理解できなくなるだろう。彼の音楽はわたしを避けがたい有限性と和解させてくれたのである。

3

一九八〇年のテクストの再考。――人間の残酷さを正当化する感傷のことで、わたしはカール・グスタフ・ユング[4]の考察を思いだす。彼はその『ユリシーズ』論のなかで、ジェイムズ・ジョイスを「無感傷性の予言者」と呼び、こう書いている。「われわれはみずからの感傷的欺瞞が真に不適切な規模になったことを理解するのに、いくつかの拠点をもっている。戦時に大衆的な感傷がはたす本当に破滅的な役割のことを考えてみよう［……］感傷性は粗暴さの上部構造である。私はわれわれが［……］感傷性の虜になっていること、したがって、われわれはわれわれの文明のなかにその代償となってくれる無感傷性の予言者がやってくるのを、完全に認めるべきだと確信している」。

たとえ「無感傷性の予言者」だったとしても、ジェイムズ・ジョイスはひとりの小説家でありつづけることができた。わたしは彼が小説史のなかにその「予言」の先駆者たちを見つけたのかもしれないとさえ思う。審美的な範疇としての小説は、かならずしも人間の感傷的な概念と結びついているわけではない。逆に音楽はそのような概念を免れない。

なるほどストラヴィンスキーのような作曲家は、感情の表現としての音楽を正当なものとは認めないけれども、素朴な聴衆は音楽をそれ以外のものとしては理解できない。それが音楽の呪いであり、愚かしい側面である。あるヴァイオリン奏者がラルゴ［非常に緩やかな速度で、表情豊かに］の最初の三音を鳴らすだけで、敏感な聴衆が「ああ、なんと美しい！」と溜息をつくのに充分なのだ。感動を引きおこすこの最初の三音には、なにも、なんの創意も、なんの創造も、まったくなにもない。これはもっとも滑稽な「感傷的欺瞞」である。しかし、だれもが音楽のそのような知覚、音楽が引きおこすそのような愚昧な溜息を免れないのである。

ヨーロッパの音楽はひとつの音符とひとつの音階という人為的な音に基づいている。したがって、世界の客観的な音の響きの対極にある。その誕生以来、この音楽は乗りこえがたい慣習によって、なにかしらの主観性を表現する必要と結びつけられている。この音楽は、ちょうど感受性豊かな魂が宇宙の無感傷性に対立するように、外界の自然のままの音の響きと対立するのだ。

しかし、（ひとりの人間の生あるいはひとつの文明の生においては）こういうときがやってくる。（それまで人間をより人間らしくし、理性の冷たさを取り繕う力と見なされてきた）感傷性が一挙に、憎悪、復讐、血なまぐさい勝利の熱狂などのうちにずっと存在していた、「粗暴さの上部構造」として露わにされるときが。このようなとき、音楽が情動のけたたましい騒音として現れる一方で、クセナキスの作品の雑音の世界がわたしには美となったのだった。情緒的な汚れが洗われ、感傷的な野蛮さのない美として。

4

二〇〇八年、わたしはこう付けくわえる。――わたしがクセナキスのことを考えていたこれらの日々、まったくの偶然の一致で、オーストリアの若い作家トマス・グラヴィニチ(5)の本、『夜の仕事』を読んだ。三十歳の男ヨナスが、朝になって目を覚ますと、彼が見いだす世界は空白で、人びとがいない。彼のアパルトマン、街路、カフェ、すべてが以前のように相変わらずそこにある。昨日はまだそこに住んでいたのに、いまやもういなくなった者たちの足跡もそっくり残っている。小説はこの見捨てられた世界中を最初は徒歩だが、やがて次々と車を変えながら――というのも、車という車には運転手もいなくなり、彼の思いどおりになるのだから――運転するヨナスの彷徨を物語る。自殺するまえの数ヶ月のあいだ、彼はそんなふうに世界を遍歴しながら、じぶんの人生の痕跡、みずからの思い出の品、さらには他人たちの思い出の品さえも必死に捜す。彼はいくつもの家、城、森などをながめ、それらを見たのに、もうそこにはいない無数の世代のことを考える。そして、じぶんに見えるものすべてが忘却、ただ忘却でしかなく、彼自身がいなくなればただちに、忘却の絶対的な完成になることを理解する。そこでわたしは、ふたたびあの明白なこと（あの驚くほど明白なこと）を考えてしまう。存在するすべてのもの（国民、思想、音楽など）はまた、存在しないこともありうるのだと。

5

一九八〇年のテクストの再考。――「無感傷性の予言者」でありながらも、ジョイスは小説家としてとどまることができた。逆に、クセナキスは音楽の外に出なければならなかった。彼の革新はドビュッシーやシェーンベルクのものとは別の性格をしている。このふたりはけっして音楽史との絆をうしなわなかった（そしてしばしば後戻りした）。クセナキスにとっては、橋が断ち切られていた。オリヴィエ・メシアン[6]はそのことをこう言っている。クセナキスの音楽は「根底的に新しいのではなく、根底的に別物なのである」と。クセナキスは先行した音楽の局面に対抗するのではない。彼はヨーロッパの全音楽、その相続の全体に背を向けるのだ。彼はじぶんの出発点を別のところに置く。人間の主観性を表現するために自然と切り離された音符という人為的な楽音ではなく、世界の雑音のなか――心の内面からわき出るのではなく、雨音、工場の騒音もしくは群衆の叫び声といったような外界からやってくる「音の総量」のなかに、である。音符と音階の彼方にある音と雑音についての彼の実験は、はたして音楽史の新しい時代を基礎づけることができるだろうか？　それは音楽好きたちの記憶に長いあいだ残るだろうか？　これほど不確かなことはまたとない。残るのは、彼の壮大な拒否の身ぶりだろう。つまり、初めてだれかがヨーロッパの音楽を捨てる（そして忘れる）ことも可能だと当のヨーロッパの音楽にあえて言ったということだ。（クセナキスが青春時代に、他のどんな作曲家も知らなかった形で人間の本性を知りえたのは偶然だろうか？　内戦の大虐殺を通りぬけ、死刑判決を下され、美しい顔に二度と消えない傷跡を残されたといった経験……）そこでわたしは、魂の主観的な音の響きに対抗して、世界の客観的な音の響きの側に立つようクセナキスを導いた必然性、その必然性の深い意味のことを考えるのである。

第五部

多様な邂逅のように美しく

伝説的な邂逅

一九四一年、アメリカに移住するために出発したアンドレ・ブルトンはフランス領のカリブ海の島マルティニックに立ち寄り、数日間ヴィシー政府当局によって監禁されるが、やがて釈放され、フォール・ド・フランスを散策しているときに、とある小物屋でちいさな地方誌、《トロピック》を見つけた。[1] 当時人生の陰鬱な時期にあった彼は、その地方誌に驚嘆した。彼にはそれがポエジーと勇気の光のように思えた。彼はたちどころに、その編集部の部員たちと知り合いになった。彼らはエメ・セゼール[2]のまわりに結集した二十歳から三十歳のあいだの何人かの若者たちで、ブルトンは時間の許すかぎり彼らとともに過ごした。それは彼にとって喜びと激励であり、マルティニックの者たちにとっては審美的な霊感と忘れがたい魅惑だった。

それから数年後の一九四五年、ブルトンはフランスへの帰路、ハイチのポルトー・プランスに短期間滞在し、講演をおこなった。この島国のすべての知識人たちが出席したが、そのなかにとても若い作家ジャック・ステファン・アレクシとルネ・ドゥペストル[3]がいた。彼らは数年まえのマルティニック人たちと同じようにその講演に魅惑された。《ラ・リュッシュ》誌という彼らの雑誌（またしても雑誌だ！　そう、当時はいまでは見られない時代、雑誌の黄金時代だったのだ）が、ブルトン特集号を出したが、この号は押収され、雑誌は発禁になった。

ハイチの人びとにとって、その邂逅は束の間だが、忘れがたいものになった。わたしは邂逅と言うのであって、交際とも、友情とも、協力とさえも言わない。邂逅とはすなわち、燦めき、閃光、偶然のことである。当時アレクシは二十三歳、ドゥペストルは十九歳だった。ふたりはシュルレアリスムについてごく浅薄な知識しかもたず、たとえばその政治的状況（この運動の内部における分裂など）のことは知らなかった。知的に純情であるとともに貪欲だった彼らは、ブルトンに、その反抗的な態度に、その美学が勧める想像力の自由に魅了された。

彼らは一九四六年にハイチ共産党を創設したが、彼らの書くものは革命的な動向のものだった。当時全世界で実践されていたその文学が、いたるところでロシアとその「社会主義的レアリスム」の影響下に置かれたのはやむをえないことだった。ところが、ハイチ人にとって、師匠はゴーリキーではなく、ブルトンだった。彼らは社会主義的レアリスムの話はせず、彼らのモットーは「驚異」の文学、――あるいは「驚異的な現実」の文学だった。間もなく、アレクシとドゥペストルは亡命せざるをえなくなる[4]。それから一九六一年になって、アレクシは闘いをつづける意図をもってハイチにもどった。彼は逮捕され、拷問され、殺された。三十九歳だった。

多様な邂逅のように美しく

セゼール。彼は偉大な創設者だ。彼以前には存在しなかったマルティニックの政治の創設者。しかしそれと同時に、彼はマルティニックの文学の創設者でもある。彼の『帰郷ノート』（まったく独創的な詩で、わたしにはなにに比すべきか分からない）、ブルトンによれば「この時代のもっとも偉大な抒情の記念碑」は、マルティニックにとって（またきっと、全アンティル諸島にとって）、ポーランドにとってのミツキエヴィチ（一七九八—一八五五年）の『パン・タデウシュ』、あるいはハンガリー人にとってのペテーフィ（一八二三—四九年）と同じくらい根本的なものである。言いかえれば、セゼールは二重に創設者なのであり、彼の人格のうちでふたつ（政治的および文学的）の創設が邂逅しているのだ。しかし彼は、ミツキエヴィチやペテーフィとはちがって、ただ詩人＝創設者のみならず、同時に現代詩人でもあり、ランボーとブルトンの後継者でもあるのだ。異なったふたつの時代（端緒の時代と絶頂の時代）が彼の詩作品のなかで抱きあっているのである。

一九四一年と一九四五年のあいだに九号刊行された《トロピック》誌は三つの主要な主題を系統的に扱っているのだが、この三つの主題もまた、並べて掲載されると、世界のどんな前衛誌にも見られない特別な邂逅のように現れる。

(1) マルティニックの文化的・政治的な解放。アフリカの文化、とりわけブラック・アフリカの文化への配慮、奴隷制の過去への闖入、「ネグリテュード（黒人性）」（「ニグロ」という軽蔑的な言葉のもつ社会・文化的な含み《コノテーション》に発想を得て、挑戦的にこの言い方を打ちだしたのはセゼールである）の思考の最初の数歩、マルティニックの文化的および政治的状況の展望、反教権主義的かつ反ヴィシー政府的な論争。

(2) 詩と現代芸術の教育。ランボー、ロートレアモン、マラルメ、ブルトンら現代詩のヒーローたちの賛美。第三号からは、明確にシュルレアリスムの路線が打ちだされる（この若者たちは強く政治化されていたとはいえ、政治のためにポエジーを犠牲にすることはなかったと言っておこう。彼らにとって、シュルレアリスムはなによりもまず、芸術運動だったのである）。シュルレアリスムとの一体化はいかにも若々しく情熱的なものだった。「驚異的なものはいつも美しく、どんな驚異も美しい。美しいのはただ驚異的なものだけだとさえ言える」とブルトンは言った。だから彼らにとって「驚異」の一語が合い言葉になった。ブルトンの語句の構文法のモデル（「美は痙攣的になるか、存在しないかのどちらかだろう」）が、ロートレアモンの決まり文句（「解剖台のうえでの雨傘とミシンの偶然の出会いのように美しく」）と同じく、しばしば模倣された。セゼールは「ロートレアモンの詩は没収令のように美しい」と言う（そしてブルトンも「エメ・セゼールの言葉は、生まれようとしている酸素のように美しい」と言う）等々。

(3) マルティニックの愛郷心の創設。この島を、じぶんのところとして、とことん知っておくべき祖国として愛撫したいという願望。マルティニックの動物に関する長いテクスト、マルティニックの植物やその名称の起源に関する別のテクスト。だが、とりわけ民衆芸術。すなわちクレオール夜話の出版と解説。

民衆芸術については、このような指摘をしておこう。ヨーロッパでは、民衆芸術はブレンターノ、アルニム、グリム兄弟、そしてリスト、ショパン、ブラームス、ドヴォルジャークらのロマン派の人びとによって発見された。モダニストたちにとって、民衆芸術は固有の魅力をうしなったと思われているが、それは間違いである。バルトークやヤナーチェクのみならず、ラヴェル、ミヨー、ファリャ、ストラヴィンスキーらも民衆音楽が好きで、そこに忘れられた調性、未知のリズム、荒々しさ、コンサート・ホールの音楽が久しくなくしていた直接性などを発見したのである。ロマン派とちがって、民衆音楽はモダニストたちの美的な非‐順応主義を堅固にしたのだった。マルティニックの芸術家たちの態度もそれと同じである。彼らにとっては、民俗的な夜話の幻想的な側面はシュルレアリストたちが勧める想像力の自由と区別しがたいものなのだ。

絶えず勃起している雨傘と制服を縫うミシンの出会い

ドゥペストル。わたしは『ひとりの女＝庭のためのハレルヤ』という、暗示的な表題の一九八一年の短編集を読む。ドゥペストルのエロティスムとはこういうものである。

すべての女たちが性的魅力にあふれているので、道路標識さえも、すっかり興奮して振りかえる。そして男たちはじつに好色なので、さながら宇宙の激発のように、学術的な講演会のあいだにも、外科手術のあいだにも、ブランコのうえでもセックスしまくる。それはすべて純粋な快楽のためだ。心理的、道徳的、実存的な問題などはない。みんなが、悪徳と無垢がただひとつのものになる世界にいるのだ。いつもなら、このような抒情的な陶酔はわたしを退屈させる。もしだれかがドゥペストルの本について読むまえに話してくれたなら、わたしは彼の本を開かなかったことだろう。

さいわいにも、わたしはなにを読むことになるのかも知らずに、彼の本を読んだ。そしてわたしには、ひとりの読者にもたらされうる最高のものがもたらされたのだ。わたしは信念（もしくは気質）によって、好きになるはずのなかったものが好きになったのである。ほんのすこしだけ彼より才能がないだれかが、同じものを表現したいと望んだとしても、ただカリカチュアに行きつくしかなかっただろう。しかしドゥペストルは真の詩人、あるいはアンティル風にいえば、驚異の真の巨匠だった。彼は人間の実存の地図にそれまで記入されていなかったもの、幸福で素朴なエロティスム、奔放であるとともに楽園的な性欲の、ほとんど近づきがたい境界線を記入することに成功したのである。

それからわたしは、『中国の列車のなかのエロス』と題された、彼の別の短編集を読み、当時この祖国を追われた革命家に友好的だった共産主義諸国で起こる、いくつかの物語に注目した。こんにちわたしは、このハイチの詩人が突拍子もなくエロティックな空想で頭をいっぱいにしながら、最悪期のスターリン主義の砂漠を横断する姿を想像し、驚くと同時にほろりとする気持ちになる。なにしろ当時は、信じがたいようなピューリタニズムが支配し、ちょっとしたエロティックな自由でも手ひどい代償を支払わされたのだから。

ドゥペストルと共産主義の世界。これは絶えず勃起している雨傘と、制服と屍衣を縫うミシンの邂逅だったと言ってよい。彼はいろんな恋物語を話す。一夜の愛のために九年間トルキスタンのハンセン病院に追放される中国の女性が出てくる話。当時外国人と寝た罪に問われたすべてのユーゴスラヴィア女と同じく、あやうく坊主頭にされそうになったユーゴスラヴィアの女性が出てくる話。こんにち、このような短編小説を読むと、わたしにはこの世紀がすっかり非現実的で、ありそうもないもののように思えてくる、まるでこの世紀がひとりの黒人詩人の暗い空想でしかないかのように。

夜の世界

「カリブ海地域のプランテーションの奴隷たちはふたつの異なった世界を知った。昼の世界があった。それは白人の世界だった。夜の世界があった。それは固有の魔術、固有の精神、固有の真の神々をもつアフリカ世界だった。その世界では、昼のあいだ、ぼろ着をまとい、辱めをうけていた人間たちが——彼らの目にも彼らの仲間の目にも——王様、魔術師、戦士など、大地の真の力と交流し、絶対権力を有する者たちに変貌した。〔……〕この秘儀を伝授されていない者たち、奴隷所有者たちにとって、このアフリカの夜の世界はまやかしの世界、幼稚な世界、どこかカーニバルじみたものに見えたかもしれない。しかし、アフリカ人にとって〔……〕これこそが唯一の真の世界であり、白人を亡霊に変え、プランテーションの生活をたんなる絵空事にする世界だったのである」。

やはりアンティル諸島出身のナイポール[5]のこの数行を読んだあと、わたしは突然、エルネスト・ブルルール[6]の絵がすべて夜の絵であることに気づいた。夜は彼の絵の唯一の背景であり、ひとを欺く昼の反対側にある「真の世界」を見せてくれる唯一のものなのだ。そしてわたしは、これらの絵がここ、アンティル諸島、奴隷制の過去がかつては集団的無意識と呼ばれたものに、いつまでも痛ましく刻まれたところでしか生まれえないことを理解する。

とはいえ、彼の絵画のごく初期は意図的にアフリカの文化に根づいたものであり、そこにアフリカの民衆芸術から取られたモチーフが識別できるとしても、その後の時期はだんだん個性的なものになり、どんな方針からも自由になっている。そこでこんなパラドクスが生じることになる。つまり、これ以上はない個性的な絵画にこそ、まさしくマルティニック人の黒人というアイデンティティが、輝くばかりにはっきりと見られるということだ。すなわち、この絵画は第一に夜の王国の世界であり、第二にすべて（多くの彼の絵に見られるあの神話的な動物に変わる、エルネストのあの子犬をふくめ、どんな些細でなじみ深いものでもすべて）が神話に変貌する世界であり、第三にあたかも奴隷制の消しがたい過去が身体、痛めつけられた身体、拷問され、拷問されうる、傷つけられ、傷つけられうる身体の強迫現象として立ち返ってくるような、残酷さの世界なのである。

残酷さと美

わたしたちが残酷さのことを話していると、ブルルールが穏やかな声でこうわたしに言うのが聞こえる。「それでもなお、絵画においては、なによりもまず美が問題にならなくてはね」。私見によれば、これは次のような意味だ。芸術はつねに興奮、恐怖、嫌悪感、衝撃といった美的以外の情緒を引きおこさないよう気をつけるべきだということである。小便をする裸の女性の写真は勃起させるかもしれないが、わたしはそれがピカソの「小便をする女」——これはすばらしくエロティックな絵画なのだ——と同じ効果を引きだすことができるなどとは思わない。大量虐殺の映画のまえでは、ひとは眼をそむけるが、「ゲルニカ」のまえでは、この絵が同じ恐怖を語っているというのに、眼が喜ぶ。

空間に吊された、いくつもの頭のない身体。これが近年のブルルールの絵だ。やがて、わたしはそれぞれの制作年代を見てみる。この連作が進むにつれて、虚空に打ち捨てられた身体は当初のトラウマをなくしてゆき、切断され、虚空に投げ捨てられた身体にはだんだん苦しみが薄れ、一枚の絵から別の絵と進むうちに、星々のあいだに紛れこんだ天使、遠方からやってくる魔法の招待、官能的な誘惑、遊戯的な曲芸に似たものになってくる。当初の主題は数多くの変形を経るにしたがって、残酷さの領域から（もう一度あの合い言葉をつかえば）驚異の領域に移ってゆくのである。

そのアトリエには、わたしといっしょに、わたしの妻のヴェラとマルティニックの哲学者アレクサンドル・アラリックがいた。いつもの食前のように、みんなはポンチを飲む。それから、エルネストは昼食の支度をする。テーブルには六人分の食器がある。なぜ六人分なのか？　直前になってヴェネズエラの画家イスマエル・ムンダレーがやってきて、みんなが食べはじめる。しかし奇妙なことに、六人目の食器は食事の終わりまで手つかずのままだった。それからずっと遅れて、エルネストの妻が仕事から帰ってきた。美しい女性、そしてただちに見てとれることだが、愛されている女性だ。わたしたち夫婦はアレクサンドルの車で帰ることになった。エルネストと彼の妻は家のまえに立ち、わたしたちを目で追っている。わたしは心細そうに結びつき、なにか説明しがたい孤独のオーラにつつまれているカップルを見る思いがした。「六人目の食器の謎が分かったでしょう」と、わたしたちが彼らの視界から消えたときにアレクサンドルが言った。「あれは、じぶんの妻が外出中でもぼくらといっしょにいるという幻想を、エルネストにあたえていたのですよ」

じぶんのところと世界

「私は言う、われわれは窒息しているのだと。マルティニックの健全な政治の原則は、窓を開くことである。空気を。空気を」と、セゼールは《トロピック》誌に書いた。

どの方向に窓を開けるのか？

まず、フランスの方向[7]だ、とセゼールは言う。なぜなら、フランスとは〈大革命〉であり、シェルシェールのことだからだ。またランボー、ロートレアモン、ブルトンのことであり、さらに文学のことであり、最大の愛に値する文化のことだからだ。それから、切断され、横領され、マルティニックの特性の、埋もれた本質を隠しているアフリカの過去の方向だという。

つづく諸世代はしばしばこのセゼール的なフランス‐アフリカへの方向性に異議を申し立て、マルティニックのアメリカ性、（あらゆる肌色の幅広さとひとつの特別な言語をもつ）「クレオール性」、アンティル諸島およびラテン・アメリカ全体との絆のことなどを強調した。

というのも、じぶん自身を探すどんな人民もじぶんのところと世界のあいだにある中間段階、国民的なコンテクストと世界的なコンテクストのあいだの、わたしが中位のコンテクストと呼ぶものがどこにあるのか自問するからである。チリ人にとって、それはラテン・アメリカである。スウェーデン人にとってはスカンジナビアである。当然だ。

ではオーストリアはどうか？　それはゲルマン世界のなかか？　あるいは多国民のいる中央ヨーロッパの世界か？　オーストリアの存在のすべての意味は、この問いにたいする答えにかかっている。一九一八年以降、さらに根底的には一九四五年以降、中央ヨーロッパのコンテクストの外に出たオーストリアは、じぶんの殻に閉じこもるか、あるいはゲルマン性の殻に閉じこもるかして、フロイトもしくはマーラーのあの輝かしいオーストリアではなくなってしまった。それは別のオーストリアであり、著しくかぎられた文化的影響力しかもたなくなったオーストリアである。東ヨーロッパ（ビザンチンの伝統、正教会、親ロシア的傾向）と同時に、西ヨーロッパ（ギリシャ・ラテンの伝統、ルネサンスとの強い絆、現代性）に住んでいるギリシャにも同じジレンマがある。熱を帯びた論争のなかで、オーストリア人たちやギリシャ人たちはひとつの動向のために別の動向に異議を申し立てている。しかし、すこし距離を置いて考えるなら、こう言う者がいるだろう。そのアイデンティティが二重性、それぞれの中位のコンテクストの複合性によって特徴づけられる国民たちもたくさんいる。そしてまさにそこにこそ、彼らの独創性があるのだと。

マルティニックについても、わたしは同じことを言うだろう。様々な中位のコンテクストの共存こそが、その文化の独創性を創りだすのだと。マルティニックとは多様な交差点、諸大陸の十字路、フランス、アフリカ、アメリカが出会う、ごくちいさな地の果てである。

そう、これは美しい。とても美しい。ただ、フランス、アフリカ、アメリカのほうがさして問題にしていないだけの話なのだ。こんにちの世界では、少数の声はほとんど聞こえないのである。

マルティニックとは大きな文化的複合性と大きな孤独の邂逅のことである。

言語

マルティニックはバイリンガルである。奴隷制時代に生まれた日常言語「クレオール語」があり、（グアドループ、ギアナ、ハイチなどと同じように）学校で教えられ、インテリ層がほとんど復讐するみたいに完璧に使いこなすフランス語がある（セゼールは「こんにちではどんな白人も操れないくらい巧みにフランス語を操る」とブルトンが言ったほどである）。

一九七八年、なぜ《トロピック》誌はクレオール語で書かれなかったのかと尋ねられると、セゼールはこう答えた。「それは意味のない質問だ。なぜなら、このような雑誌はクレオール語では考えられないからだ［……］。私たちが言わねばならなかったことを、クレオール語で言いあらわせるかどうかさえ私は知らない［……］。抽象的な観念を表現することができないクレオール語［……］はもっぱら口語でしかないのだ」。

それでも、日常生活の現実をそっくりカバーするわけではない言語によって、マルティニックの小説を書くのが難しいことに変わりはない。これをどう解決するかという選択の問題が生じてくる。クレオール語の小説。フランス語の小説。頁の下欄で説明されるクレオール語で豊かにされるフランス語の小説。それから、シャモワゾー(8)の解決法。

彼はフランス語にたいして、フランスのどんな作家もあえてなしえないほど自由に振る舞う。これはポルトガル語にたいするブラジルの作家の自由、スペイン語にたいするヒスパノ・アメリカの作家の自由のようなものだ。あるいは、もしこう言ってよければ、ふたつの言語の一方に絶対的な権威を認めることを拒否し、それに従わない勇気を見いだすバイリンガルの自由である。シャモワゾーはフランス語とクレオール語を混ぜ合わせることで、両者の妥協をはかったのではない。彼の言語は、たとえ加工されているとしても、やはりフランス語なのだ。これはクレオール化されたフランス語ではなく(どんなマルティニック人もこのようには話さない)、シャモワゾー化されたフランス語だ。彼はフランス語に口語固有の魅力的な無頓着さ、リズム、メロディーをあたえる。彼はフランス語に多くのクレオール語の表現をもたらすが、これは「自然主義的」な理由から(「ローカルカラー」を導入するため)ではなく、審美的な理由から(その可笑しさ、魅力のため、あるいは意味論的に置き換えられないため)である。とりわけ彼は、じぶんのフランス語に慣用的でなく、無遠慮で、「無理な」言い回しの自由、新造語の自由(きわめて規範的なフランス語には他の諸言語よりはるかに恵まれていない自由)をあたえた。彼はいとも無頓着に、形容詞を名詞に（最大の→最大さ、盲目な→盲目さ）、動詞を形容詞に（避ける→避けがちな）、形容詞を副詞に（男性の→男性的に、予想外の→予想外に）（「予想外に」だって？　この言葉はすでに『帰還ノート』のなかでセゼールによって使われている、とシャモワゾーは抗議している）、動詞を名詞に（喉を切って落とす→喉切れ、しくじる→しくじり、驚嘆させる→驚嘆、消え去る→消去）、名詞を動詞に（時計→時を示す、川→流れる）変える等々。しかも、このような違反が、フランス語の語彙的あるいは文法的な豊かさをすこしも減じないのだ（ここには書物から得た、あるいは古風な言葉も、［文語特有の］接続法半過去もないわけではないのである）。

数世紀を超えた邂逅

『素晴らしきソリボ』は一見、余人にはたしかに想像しがたいとはいえ、民衆の語り部ともいうべき登場人物に集中した、ローカルでエキゾチックな小説だと思われるかもしれない。間違いである。シャモワゾーのこの小説は文化史上もっとも大きな出来事のひとつ、すなわち終わりつつある口承文学と生まれつつある記述文学との邂逅を扱っているのだ。ヨーロッパでは、この邂逅はボッカッチョの『デカメロン』［一三五三年］で起こった。当時はまだ生きていた、仲間たちを面白がらせる語り手たちの慣行がなければ、この偉大なヨーロッパ初の散文作品は存在しえなかったことだろう。その後、十八世紀の終わりまで、ラブレーからローレンス・スターンまで、語り手の声の反響は小説のなかで鳴り響くのをやめなかった。作家は書きながら、読者に話し、訴え、罵り、媚びていた。逆に読者のほうは読みながら、小説の作者の話を聞いていた。十九世紀初頭になると、すべてが一変する。そのときから、わたしが小説史の「第二の時代*」と呼ぶものがはじまる。すなわち、作者の言葉が書かれた文章の蔭に隠れ去ってしまうのだ。

「エクトール・ビアンシォッティ[9]、この言葉はあなたのものです」、これが『素晴らしきソリボ』の献辞である。シャモワゾーは文章ではなく、言葉にこだわる。彼はじぶんを語り部たち直伝の相続者だと見なし、みずからを作家ではなく「言葉の記録係」だと形容する。文化の超国民的な歴史地図のなかで、彼はじぶんを、大声で発せられる言葉が文字で書かれた文学にリレーされるところに位置づけたいと願う。彼の小説では、ソリボという名の想像上の語り部がそのことを彼にこう言う。「わしは話していた。しかし、おまえはじぶんが言葉からきているのだと告げながら書いている」。シャモワゾーは言葉からきた作家なのだ。

しかし、セゼールがミツキエヴィチではないのと同様、シャモワゾーはボッカッチョではない。彼は現代小説の洗練をそっくり備えている作家であり、そのような者（ジョイスやブロッホの孫）として、ソリボに、この文学の口承的な前史に、手を差しだす。だから、『素晴らしきソリボ』は数世紀を超えた邂逅というべきなのだ。「おまえはわしに、距離を越えて手をあたえてくれる」と、ソリボはシャモワゾーに言うのである。『素晴らしきソリボ』の物語はこうである。サヴァンヌと命名されたフォール・ド・フランスのある広場で、ソリボはたまたまそこに集まったわずかの聴衆（その一員にシャモワゾーがいる）をまえに話している。話の途中で、彼は死ぬ。年老いた黒人のコンゴは、彼が言葉の「喉切れ」のために死んだことを知っている。この説明は警察にはあまり説得力がなく、警察はただちにこの椿事に目をつけ、犯人捜しに躍起になる。このあとに悪夢のように残酷な尋問がつづき、そのあいだに故人となった語り部の人物像がはっきりしてくる一方、拷問をうけた容疑者たちのふたりが死んでゆく。最後になって、検死の結果、どんな殺人もなかったことが判明する。ソリボは説明のつかない仕方で死んだのだ。おそらく、本当に「喉切れ」で死んだのかもしれない。

　この本の最後の数頁で、著者は途中で死んだソリボの話を公にする。真のポエジーとも言えるこの想像上の話は、口承性の美学への格好の手ほどきになってくれる。ソリボが語るのはひとつの物語ではなく、言葉、空想、地口、冗談などである。それは（「自動記述[10]」があるように）いわば自動口述なのだ。そしてこれが話し言葉、したがって「記述以前の言語」であるからには、書き言葉の規則はここでは影響を及ぼさない。だから、句読点などはない。ソリボの話は『ユリシーズ』最後のモリーの独白のように、ピリオドも、コンマも、パラグラフもない波となる（ここにもまた、民衆芸術と現代芸術とが互いに手を差しだしうることを示す事例があるのだ）。

ラブレー、カフカ、シャモワゾーにおける本当らしくないもの

シャモワゾーにおいて、もっともわたしが気に入っているのは、本当らしさと本当らしくないもののあいだで揺れうごく彼の想像力である。そしてわたしはこの想像力がどこからくるものなのか、その根はどこに見いだされるのかと自問する。シュルレアリスムだろうか？　シュルレアリストたちの想像力はとりわけ詩と絵画において発揮された。ところが、シャモワゾーは小説家、小説家以外の何者でもない。カフカか？　そう、たしかに彼は小説芸術のために本当らしくないものを正当化した。しかし、シャモワゾーにおける想像力の性質はさしてカフカ的なものではない。

「一座の紳士、淑女のみなさん」。シャモワゾーはこんなふうに彼の最初の小説『七つの悲惨の年代記』を開始する。「おお、友たちよ」と、彼は『素晴らしきソリボ』の読者に向けて何度も繰りかえし呼びかける。これは『ガルガンチュワ物語』を「世にも名高い酔漢の諸君、また、いとも貴重な梅瘡病みのおのおの方よ」という呼びかけではじめたラブレーを思わせる。このように大声で読者に話しかけ、一言一句に機知、ユーモア、誇示をあたえる者は、易々と誇張し、韜晦し、真実のものからありえないものに移ることができる。というのも、それが小説家と読者とのあいだの契約だからだ。この契約は小説史の「第一の時代」の時期、語り手の声がまだ完全に印刷された文字の蔭に隠

れていないときに結ばれたものだった。

カフカとともに、ひとは小説史の別の時期にはいる。彼にあっては、本当らしくないものは描写によって支えられている。この描写はまったく非人称的で、じつに喚起力の強いものなので、読者はまるで映画を見るように、ひとつの想像世界のなかに引きずりこまれる。なにひとつわたしたちの経験に似ているものがないのに、描写の力によってすべてが信じられるようになるのだ。このような美学の場合には、話し、冗談を言い、解説し、自己顕示する語り手の声は幻想を壊し、魔法を砕くことになるだろう。カフカが読者に陽気に「一座の紳士、淑女のみなさん」と呼びかけることで『城』を開始するなど想像できないのだ。

逆に、ラブレーにおいては、本当らしくないことは語り手の軽妙さからしかやってこない。パニュルジュはある婦人に言い寄るが、撥ねつけられてしまう。その復讐をするために、彼は彼女の衣服にさかりのついた牝犬の性器の断片をまき散らしてやる。すると町中の牡犬という牡犬が彼女の尻を追いかけ、彼女のドレス、脚、背中に小便を引っかけ、やがて彼女の家に着くと、犬どもは小便をたっぷり家の門に垂らすので、街路には犬の小便が小川のように流れ、そのうえでアヒルたちが泳ぐことになる。

ソリボの死体は地面に横たえられる。警察はその死体を死体公示所に運ぼうとする。しかしだれもそれを持ちあげられない。「ソリボは生を妬む何人もの黒人たちの死体のように、重さが一トンになっていた」。応援隊が呼ばれるが、ソリボは二トン、五トンになる。クレーンをもってきてもらう。クレーンが着くや、ソリボは体重をなくしはじめる。そこで主任警察部長は彼を「小指の先で支えて」ひょいともちあげる。「そして彼がゆっくりとした手品をはじめると、その不気味さにみんなが目を奪われる。手首をちょっとひねっただけで、彼は死体をじぶんの小指から親指に、親指から人差し指に、人差し指から中指に移していた……」。

おお、一座の紳士、淑女のみなさん。おお、世にも名高い酔漢の諸君、また、いとも貴重な梅瘡病みのおのおの方よ。シャモワゾーといっしょなら、みなさんはカフカよりもラブレーのずっと近くにおられるのですぞ。

月のように孤独な

ブルルールのすべての絵画には、三日月形の月が水平の位置で、夜の波に漂うゴンドラのように、両端を上のほうに向けている。これは画家の空想ではなく、それが本当にマルティニックの月なのだ。ヨーロッパでは三日月は立っている。いまにも飛びかかろうとしながらすわっている獰猛な小動物みたいに、あるいはお望みなら、完璧に研ぎすまされた鎌みたいに戦闘的だ。ヨーロッパの月は戦争の月であり、マルティニックの月は穏和である。おそらくだからこそ、エルネストは月に黄金の暖色をあたえているのだろう。彼の神話的な絵では、月は近づきがたい幸福をあらわしているのである。

不思議なことに、それについて何人かのマルティニックの人びとと話していて、わたしは彼らが空の月の様子がどんなものか知らないことに気づいた。わたしはヨーロッパ人に尋ねてみる。ヨーロッパの月を覚えていますか？　昇るときはどんな形で、消えるときはどんな形ですか？　彼らは知らない。人間はもう月を見なくなったのだ。
見捨てられた月は、ブルルールの絵のなかに降りてきた。しかし、空にもはや月を見なくなった者たちは、絵のなかでも見ることはないだろう。きみは孤独なのだ、エルネストよ。海水の只中にあるマルティニック島のように孤独。共産主義の僧院のなかのドゥペストルの色欲のように孤独。旅行者たちの愚かな眼差しにさらされるファン・ゴッホの絵のように孤独。だれも見ない月のように孤独なのだよ。

（一九九一年）

＊「第一の時代」と「第二の時代」。小説史（また音楽史）のこの（まったく）個人的な時代区分について、わたしは『裏切られた遺言』、とくに第Ⅲ部「ストラヴィンスキーに捧げる即興」で語っている。きわめて図式的にいえば、小説史の第一の時代の終わりは、ほとんど十八世紀の終わりといっしょのように見える。十九世紀は、以前よりもずっと本当らしさの諸規則に従う、別の小説美学を開始する。「第二の時代」の教義から解放された小説のモダニズムは、もし（まったく個人的な）時代区分が許されるなら、「第三の時代」と呼んでもいいのかもしれない……。

第六部

彼方

ヴェラ・リンハルトヴァー[1]による解放としての亡命

ヴェラ・リンハルトヴァーは一九六〇年代のチェコでもっとも敬愛されていた作家のひとりであり、瞑想的で、晦渋で、分類しがたい散文の詩人だった。一九六八年「ソ連のチェコ軍事介入」のあと、彼女は祖国を去ってパリに行き、フランス語で書き、出版しはじめた。孤高の気質で知られていた彼女は、九〇年代初め、プラハのフランス学院の招待をうけたとき、友人たちみなが驚いた。その折り、彼女は亡命の問題に関するシンポジウムで発表をおこなった。この主題について、わたしはこれほど非-順応的で明晰なものを一度も読んだことはない。

二十世紀後半、世の人びとは祖国を追われた者たちの運命にたいして、たいへん敏感になっていた。この思いやりにみちた敏感さのために、亡命の問題は涙をさそう道徳主義によって曇らされ、亡命者の生活の具体的な特性は覆い隠されてしまった。リンハルトヴァーによれば、亡命者はしばしば追放を「当然ながら未知だとはいえ、あらゆる可能性が開かれる彼方への」解放の出発に変えることができたという。もちろん、彼女はまったく正しいのだ！　そうでなければ、共産主義の終焉のあと、偉大な亡命芸術家たちのだれひとりとして急いで母国にもどらなかったという、明らかにショッキングな事実をどのように理解すればいいのか？　いったい、どうしたことか？　共産主義の終焉にもかかわらず、彼らは祖国で〈偉大なる帰還〉の祭りを祝う気持ちに駆られなかったというのか？　公衆が落胆するのは分かりきっているのだから、たとえ彼らが願うのが帰還することでなかったとしても、やはり帰国することこそ彼らの道義的な義務ではなかったのか？　リンハルトヴァーは言う。「作家はまずもって自由な人間であり、どんな束縛にも抗して、みずからの独立を守るという義務が、他のいかなる配慮にも優先すべきなのです。そしていま、わたくしはたんに権力の乱用によって課される非常識な束縛だけではなく、祖国にたいする義務という感情に訴える制約——好意的なものだけに、よけいに裏をかくことが難しい制約——のことも話しているのです」。じっさい、ひとは人権についての紋切り型の文句を繰りかえし述べるが、それと同時にいつまでも個人を自国民の所有物だと見なすことをやめないのである。

彼女はもっと先にまで話を進める。「だから、わたくしはじぶんの生きたい場所を選んだのですが、またじぶんが話したい言語も選んだのでした」。こう反論する者もいるかもしれない。いくら自由な人間だといっても、作家は自国語の守護者ではないのか？　それこそが作家の任務の意味そのものでないのか？　これにたいし、リンハルトヴァーはこう答える。「作家はだれよりも勝手な行動は許されない、なぜなら作家は断ちがたい絆によって自国語に結びつけられているのだから。よくそう言われます。わたくしはこれもまた、小心な人びとの言い訳に役立つ、あの神話のひとつだと信じています……」。というのも、「作家はただひとつの言語の囚人ではないのですから」。ひとを解放する名文句というべきだ。作家はその人生の短さだけによって、この自由への招待からすべての結論を引きだすことができないのである。

リンハルトヴァーは「わたくしは遊牧民に共感します。だからこそわたくしは、じぶん自身の亡命が、彼方で生きるという、ずっとまえからもっとも大切だったじぶんの願いを叶えてくれたと言うことができるのです」と述べている。リンハルトヴァーがフランス語で書くとき、彼女はそれでもチェコの作家なのだろうか？　そうではない。彼女はフランスの作家になるのだろうか？　そうでもない。彼女は彼方にいる。かつてのショパンのように彼方に、そののちの、各人各様なナボコフ、ベケット、ストラヴィンスキー、ゴンブローヴィチなどと同じように彼方にいるのだ。もちろん、めいめいはそれぞれの仕方で亡命生活を送るのであり、リンハルトヴァーの経験は究極の事例だろう。それでも、彼女の根底的で明解なテクストのあとでは、亡命についてこれまで話されてきたように話すことは、もはやできないことに変わりはない。

ひとりの異国人の触れがたい孤独（オスカール・ミウォシュ[1]）

1

わたしが初めてオスカール・ミウォシュの名前を目にしたのはチェコ語に訳された詩「十一月のシンフォニー」の表題のうえである。この詩は戦後、数ヶ月して、十七歳のわたしが熱心に愛読していた前衛雑誌に発表された。この詩にわたしがどれほど魅了されたか、そのことに気づいたのは三十年後、フランスでオリジナルなフランス語のミウォシュの詩集を開くことができたときだった。わたしが「十一月のシンフォニー」を見つけて読んでいると、ただの一語も忘れていなかったこの詩の（見事な）チェコ語訳の全篇がたちまち記憶に蘇ってきた。このチェコ語版のミウォシュの詩は、同じ時期に貪るように読みふけっていた詩、アポリネールやランボー、ネズヴァルやデスノス[2]らの詩よりも、おそらくずっと深い印象をわたしに残した。疑いもなく、これらの詩人たちにわたしが魅了されたのは、たんに彼らの詩の美しさによってだけではなく、彼らの聖なる名前を取りまいている神話によってでもあった。彼らの名前が合い言葉となって、わたしの身内、モダンな人びと、玄人たちに認めてもらうのに役立ったのだ。しかし、ミウォシュのまわりにはどんな神話もなかった。まったく知られていなかった彼の名前は、なんらわたしの気を引かず、わたしのまわりのだれの気も引かなかった。この場合、わたしは神話ではなく、他のどんな支えもなく、単独の、あるがままの、おのずと働きかけてくる美しさによって魅了されたのだった。正直に言っておこう。これはめったに起こることではないのだと。

2

では、まさしくなぜこの詩なのか？　思うに、重要な点は、かつてわたしが他のどんなところでも一度も出会ったことのないなにかの発見にあったのだ。すなわち文法的には過去形でなくて未来形で表現される、ノスタルジーの形式の原型の発見。ノスタルジーの文法的未来形。泣きぬれた過去を遠い未来に投影する文法的形式。もはや存在しないもののメランコリックな喚起を、実現されることのない約束の、哀切な悲しみに変える文法的形式。

美しい悲しみよ、おまえは薄紫の衣を纏うだろう!
そしておまえの帽子の花々は寂しく小さいだろう

3

わたしはコメディー・フランセーズでのラシーヌの上演のことを覚えている。役者たちは台詞を自然なものにするために、まるでそれが散文であるかのように口にし、詩句の最後の間《ま》を徹底的に無視していた。わたしはアレクサンドラン〔古典的な一行十二音節の詩句〕のリズムを認めることも、脚韻を聞き取ることもできなかった。おそらく彼らは、韻律も脚韻も捨てて久しい現代詩の精神に合致する振る舞いをしていると思っていたのかもしれない。しかし自由詩は、その誕生のとき、詩を散文化しようとしたのではなかったのだ! 自由詩は詩から韻律の鎧を取り除き、もっと自然で、もっと豊かな別の音楽性を発見しようとしたのである。わたしはいつまでも、自作の詩を朗読する(フランスおよびチェコの)偉大なシュルレアリスム詩人たちの歌うような声を耳に残していることだろう! アレクサンドランと同じく、自由詩もまた間で終わる、中断されない音楽的単位である。この間というものを、アレクサンドランでも自由詩でも聞かせねばならない。たとえそれが詩句の文法的論理に反するとしても。そして構文法を壊してしまうこの間のなかにこそ、句またぎ〔詩句の行末で文意が完結せず、次行にまたがること〕の旋律の洗練（旋律の挑発）が存するのである。ミウォシュの『シンフォニー』の悲痛な旋律は句またぎの連鎖に基づいている。ミウォシュにおけるひとつの句またぎは、次行の最初にやってくる語をまえにした、驚きの短い沈黙なのである。

そして薄暗い小径がそこにあるだろう、びっしょり濡れて
滝の木霊に。そこでぼくはおまえに話すだろう
水上の都市のこととバッハラッハのラビのこと
それからフィレンツェの夜のことを。またあるだろう

4

一九四九年、アンドレ・ジッドはガリマール書店のためにフランス詩のアンソロジーを編集した。その序文に彼はこう書いた。「Xはミウォシュの詩がひとつも採られていないことを私に非難した。〔……〕これは度忘れなのか？　いや、ちがう。取り立てて引くに値するものがなにもなかったのだ。繰りかえすが、この選択はなんら歴史的なものではなく、ただ作品の質だけが私の態度を決定したのである」。ジッドのこの不遜な言葉にも一分の良識があった。オスカール・ミウォシュはこのアンソロジーのなかでは、

なにもすることがなかったのである。彼の詩はフランス的ではない。彼はポーランド・リトアニアの根をそっくり保ちながら、まるで修道院にでもはいるように、フランス人たちの言語に逃げこんできたのだった。だからジッドの拒絶をひとりの外国人、ひとりの〈異国人〉の触れがたい孤独を保護する、高貴なやり方だと見なすことにしよう。

反感と友情

一九七〇年代初頭のある日、国がロシアに占領されていたあいだ、ふたりして職場を追われ、ふたりとも体調を崩していた妻とわたしは、プラハ郊外のある病院の著名な医師に会いに行った。この医師はあらゆる反体制派の友で、当時わたしたちがユダヤの老賢者と呼んでいたスマヘル教授だった。わたしたちはそこでジャーナリストのEに出会った。彼もまたどこからも追い払われて、やはり体調を崩していた。そこでわたしたち四人は、互いに親密な雰囲気のなかで気分がよくなり、長いあいだ、ずっとおしゃべりをしていた。

帰宅することになって、Eはわたしたちをじぶんの車に乗せてくれ、当時チェコの現存の最高作家だったボフミル・フラバル[1]のことを話しだした。フラバルは尽きることがない空想をもち、庶民的な経験に夢中になる（彼の小説はごくありふれた人びとにみちている）ので、とてもよく読まれ、読者に愛されていた（チェコのヌーヴェル・ヴァーグ〔新しい波〕の若い映画人たちなどは、彼を守護聖人のごとく崇めていた)。彼は心底から非‐政治的だった。これは、「すべてが政治的だった」体制において、無害なことではなかった。彼の非‐政治主義は諸々のイデオロギーが猛威をふるっている世界を愚弄することだったからである。そのために彼は、長いあいだ比較的顧みられない(どんな政治参加にも役立たない)状況に置かれていた。しかし、この同じ非‐政治主義のために(彼は当時の反体制運動にもけっして関わらなかった)、ロシアの占領中にも、そっとしておかれ、何冊かの本をぽつぽつ出版することができた。

Eは激しく彼のことを罵倒した。じぶんの同僚たちが発禁になっているというのに、どうして彼は自作の公刊をうけいれることができるのか? どうしてそのような形で体制を支持できるのか? 彼の振る舞いは忌まわしいもので、彼は体制協力派なのだと。

わたしは同じように激しくこう反駁した。フラバルの本の精神、ユーモア、想像力は、わたしたちを支配し、わたしたちに拘束衣を着せて窒息させたがっている心性とは正反対なものだから、体制協力などと罵倒するのはなんと馬鹿げたことか? ひとがフラバルを読むことができる世界は、彼の声が聞き取れないような世界とはまったく異なっている。フラバルの本のたった一冊のほうが、やたらに抗議の行為や声明などをおこなうわれわれ全員よりも、はるかに人びとに、人びとの自由に役立っているのだ! 車中の議論はたちまち憎悪にみちた喧嘩に変わってしまった。

のちになってもう一度そのことを考えてみると、あの(お互いに本気の)憎悪に驚き、わたしはこう思った。医師のところでのわたしたちの相互理解は、わたしたちを被迫害者にしていた特別の歴史的状況による一時的なものだったが、わたしたちの不和のほうは逆に、状況とは関係のない根本的なものだった。あれは、政治的闘争を具体的な生活、芸術、思想などの上に置く者たちと、政治の存在理由は具体的な生活、芸術、思想などの役に立つことにあると考える者たちとの不和だった。このふたつの態度はたぶん、それぞれに正当なものだろうが、互いに和解できないものなのだと。

一九六八年の秋、パリで二週間過ごすことができたわたしは、幸運にもヴァレンヌ街のアパルトマンでアラゴンと長々と話しこむ機会が二、三度あった。いや、わたしは別に大したことを言ったわけではない。もっぱら聞き手にまわっていたのだ。日記など一度もつけたことのないわたしの思い出は漠然としたもので、彼の言葉については、たえず立ち返ってくるふたつの主題のことしか覚えていない。彼は生涯の終わり近くになって、ふたたび親しくなったらしいアンドレ・ブルトンのことをよく話した。それから小説芸術のことを話した。（わたしたちの出会いの一月まえに書かれた）『冗談』への彼の序文においてさえ、彼はあるがままの小説の礼賛をおこなっていた。「小説はパンと同じく人間に不可欠なものだ」と。わたしの訪問のあいだ、彼はつねに「この芸術」を擁護するようわたしに勧めてくれた（彼が序文に書いたように、「評判の悪い」この芸術。のちにわたしはこの言い回しを『小説の技法』のある一章の表題に取りあげた[2]）。

わたしはこの出会いについて、こんな印象をとどめることになった。すなわち、シュルレアリストたちとの彼の訣別のもっとも深い理由は、政治的なもの（共産党への彼の服従）ではなく、審美的なもの（小説というシュルレアリストたちに「評判の悪い」芸術への忠実さ）だったのだという印象である。そしてわたしには彼の生涯の二重のドラマ——（おそらく彼の才能の主要な領域だった）小説への忠実さとブルトンへの友情——がちらっと見えるような気がした（こんにち、わたしは知っている。総決算のときになって、もっとも辛い傷とは損なわれた友情の傷であり、友情を政治の犠牲にするほど愚かしいことはないのだと。わたしは一度もそうしなかったことを誇りにしている。わたしがミッテラン[3]に感心するのは、彼が旧友たちにたいして保ちつづけた忠実さのためである。彼は生涯の終わりごろ、このために激しく攻撃されたが、その忠実さこそが彼の気高さだったのだ）。

アラゴンとの出会いのほぼ七年後、わたしはエメ・セゼールと知り合いになった。私は戦争直後のある前衛雑誌（わたしにミウォシュのことを知らせてくれた雑誌[4]）のチェコ語訳で彼の詩を発見していた。それはパリのヴィフレド・ラムのアトリエでのことだった。若々しく、生き生きとし、魅力的だったエメ・セゼールは、わたしを質問攻めにした。まずいきなり、「クンデラ、あなたはネズヴァルを知っているか？」。「もちろんです。でも、あなたはどうやって彼を知ったのですか？」。いや、彼は知らなかった。しかし、アンドレ・ブルトンがよく彼のことを話してくれたのだという。わたしの先入観によれば、非妥協的な人間として知られていたブルトンは、ヴィーチェスラフ・ネズヴァルについては悪し様にしか言わないはずだった。ネズヴァルは数年まえに（ほぼアラゴンと同じく）〈党〉の声にしたがうことを選び、チェコのシュルレアリストのグループと別れていたからだ。ところが、一九四〇年のマルティニック滞在のあいだ、ブルトンは愛情をこめてネズヴァルのことを話していたと、セゼールは何度も繰りかえしわたしに言ったのである。そして、このことがわたしを感動させた。わたしはよく覚えているが、ネズヴァルもまた、いつも愛情をこめてブルトンのことを話していただけに、その感動もひとしおだった。

　大々的なスターリン裁判(5)でわたしにもっとも衝撃をあたえたのは、共産主義の政治家たちがみずからの友人たちの処刑をいとも冷静に容認したことだった。というのも、彼らは全員友人だったからだ。この友人ということでわたしが言いたいのは、彼らは互いに親密に知り合い、辛い時期を、亡命、迫害、長い政治闘争などをいっしょに経験してきたということだ。どうしてそんな彼らが友情を犠牲に、しかもあのようにおぞましく決定的に犠牲にすることができたのだろうか？

　しかし、あれは友情だったのだろうか？　チェコ語で〈soudruzstvi〉（soudruh とは同志の意）、すなわち「同志愛」という言葉にあてはまる人間関係がある。同じ政治闘争を遂行している者たちを結びつける共感のことだ。大義への共同の献身が消えるときには、共感する理由もまた消えてしまう。しかし、友情を超える利害にしたがう友情は、友情とはなんの関係もないのである。

わたしたちの時代、ひとは友情を信念と呼ばれるものにしたがわせることを学んだ。しかも道徳的な公平という誇らしささえもって。じっさい、わたしたちが擁護する意見とは、好みの、したがって必然的に不完全な、おそらく過渡的な仮説にすぎず、ただきわめて偏狭な者たちだけがこれを確信もしくは真理として押し通すにすぎないことを理解するには、たいへんな成熟を必要とする。ひとつの信念への子供じみた忠実さとは反対に、ひとりの友人にたいする忠実さは美徳、おそらく唯一の、最後の美徳なのである。

わたしはハイデガーと並んでいるルネ・シャールの写真[6]をながめる。一方はドイツの占領に反抗するレジスタンスの闘士であり、他方は生涯の一時期、勃興しつつあったナチズムに寄せた共感のせいで貶《けな》された男である。この写真は戦後、かなりの年月が経ったときのものである。ふたりの背中が見える。頭に帽子をかぶった一方は背が高く、他方は小男だ。ふたりは自然のなかを歩いている。わたしはこの写真がとても好きだ。

ラブレーと夢を掘り下げるシュルレアリストたちに忠実に

ダニロ・キシュの本、彼の古い思想書にざっと目をとおしていると、わたしはふたたびトロカデロ近くのビストロで、まるで罵るように力強く野性的な声で話す彼のまえにすわっているような気がしてくる。フランス人であれ外国人であれ、一九八〇年代にパリに住んでいた彼の世代の作家たちのうち、彼はもっとも目立たない作家だった。〈今日性〉と呼ばれる女神には、彼に光をあてるどんな理由もなかったのだ。「わたしは反体制活動家ではない」と彼は書いている。彼は亡命作家でさえなかった。自由にベオグラードとパリとのあいだを旅していた。彼は「中央ヨーロッパという呑みこまれた世界からきた雑種の作家」にすぎなかった。いくら呑みこまれたからといっても、（一九八九年に死んだ）ダニロの生涯のあいだ、この世界はヨーロッパの悲劇を凝縮したようなところだったのだ。ユーゴスラヴィアといえば、ナチスにたいする血みどろの（そして勝利に終わる）長い戦争、とりわけ中央ヨーロッパのユダヤ人（そのひとりが彼の父親）を虐殺した〈ホロコースト〉、共産主義革命、その直後のスターリンとスターリン主義との劇的な（そしてやはり勝利に終わる）訣別の国である。このような歴史的な悲劇の痕跡をとどめていたとはいえ、彼はけっしてじぶんの小説を政治のために犠牲にしなかった。その結果、彼はもっとも悲痛なもの、すなわち誕生するやたちまち忘れられる人びとの運命、声帯を奪われた悲劇などを捉えることができた。彼はオーウェルの思想に賛成していたが、しかしどうして『一九八四年』を好きになれただろうか？ これはこの全体主義の激しい非難者が、世界の毛沢東主義者たちが全員やっていたのとまったく同じように、人間生活をただ政治的次元にのみ単純化している小説だからである。実生活のこのような平板化にたいして、彼はラブレーとその滑稽さ、「無意識、夢を掘り下げたシュルレアリストたち」に救いを求めた。わたしが彼の古い本をめくっていると、彼の力強く野性的な声が聞こえてくる。「ヴィヨンとともにはじまったフランス文学のあの圧倒的な音調は消滅してしまった」。そう分かると、彼はさらにラブレーに、「夢を掘り下げた」シュルレアリストたちに、そして目隠しされながら、もうすでに、やはり消滅に向かって進んでいたユーゴスラヴィアに、忠実になったのだった。

ふたつの偉大な春とシュクヴォレツキー夫妻について

1

ロシアのチェコスロヴァキア侵攻の悲劇によって心に傷をうけたわたしが、一九六八年九月、パリで数日過ごすことができたとき、ヨゼフ・シュクヴォレツキー[1]と彼の妻ズデナもそこにいた。いまでもわたしたちに向かって攻撃的にこう問いかけた、ひとりの青年のイメージが蘇ってくる。「あなたがたチェコ人は、いったいなにを望んでいるのですか？　もう社会主義にうんざりしたというわけですか？」。

その同じ日々、わたしたちはフランスの友人たちのサークルと長々と議論した。彼らはパリとチェコのふたつの〈春〉に、同じ反抗的精神から輝き出た縁続きの出来事を見ていた。それは耳を傾けているぶんにはたいへん愉快なことだったが、いつまでも次のような誤解が残った。

パリの〈六八年五月〉［一九六八年の学生を中心とするいわゆる「五月革命」のこと］は予期せぬ爆発だった。〈プラハの春〉は一九四八年以降の数年間のスターリン的〈恐怖政治〉に根をもつ長いプロセスの成果だったということである。

まず青年たちの主導によってもたらされたパリの〈五月〉には、革命的な抒情主義が刻まれていた。〈プラハの春〉は大人たちのポスト革命的な懐疑主義に鼓舞されたものだった。

パリの〈五月〉は、退屈で型にはまって、硬直化したものと見なされたヨーロッパ文化への陽気な異議申し立てだった。〈プラハの春〉は、長いあいだイデオロギー的な暗愚のもとで窒息していたこの同じ文化の顕揚であり、キリスト教とともに自由主義《リベルタン》的な無信仰、それからモダン・アートの擁護だった（わたしはモダンと言うのであって、ポスト・モダンとは言わない）。

パリの〈五月〉は国際主義を看板にしていた。〈プラハの春〉はちいさな国民に、その独創性と独立をふたたびあたえようとするものだった。

「驚異的な偶然」によって、それぞれ異なった歴史に由来する、非同期的なふたつの〈春〉は、同じ年という「解剖台」のうえで邂逅したのである。

2

わたしの記憶するところでは、〈プラハの春〉への道程の端緒は、一九五六年に出版され、政府当局の憎悪の大々的な花火によって迎えられたシュクヴォレツキーの小説、『卑怯な人びと』によって画された。文学的な偉大な出発点を画したこの小説は、偉大な歴史的出発点のことを語っている。つまり、一九四五年五月のある週に、六年にわたるドイツの占領後、チェコスロヴァキア共和国がふたたび誕生したときのことである。しかし、なぜあのような憎悪を引きおこしたのか？　小説がそれほどまで攻撃的に反共産主義的だったからか？　まったくそうではない。シュクヴォレツキーはそこで（シュクヴォレツキー自身と同じく）熱狂的なジャズ・ファンである二十歳の男の物語を語っている。この男はドイツ軍が降伏し、チェコのレジスタンス派がじぶんたちの立ち位置をぎこちなく探し求めているうちにロシア軍が到来したという、あの終わろうとしていた戦争の数日間の渦巻きに押し流される。どこにも反共産主義的な言辞は見えず、ただ根深い非‐政治的な態度があるだけなのだ。自由で、軽やかで、非礼なくらいに非イデオロギー的な態度だけが。

それからユーモア、不都合なユーモアの遍在ということがある。このことはわたしに、世界の各地では人びとがそれぞれ違ったふうに笑うということを考えさせる。どうしてベルトルト・ブレヒトのユーモアのセンスに異議を唱えられようか？　しかし、『兵士シュヴェイクの冒険』の脚色は、彼にはハシェクの喜劇性がなにも分かっていなかったことを示している。シュクヴォレツキーのユーモアは（ハシェクやフラバルのユーモアと同様に）権力から離れたところにいて、権力を求めようとせず、〈歴史〉を盲目の老いた魔女のように見なして、その道徳的な判決がひとを笑わせると思う者たちのユーモアである。そしてわたしは、六〇年代初頭にチェコ文化の偉大な十年（しかも偉大と呼びうる最後の十年）が開始されたのは、まさにこの非 - 真面目で、反 - 道徳主義的で、反 - イデオロギー的な精神によってだったことを意味深いと思う。(2)

3

ああ、いとしい六〇年代。当時わたしは臆面もなくこう言いたかったものだ。理想の政治体制とは解体中の独裁制だと。抑圧機構はだんだん不完全に機能するようになるが、依然として存在し、批判的・愚弄的な精神を刺激してくれる。一九六七年夏、作家同盟の大胆不敵な大会に苛立ち、厚かましさにも程があると見なした国家のお偉方たちは、政策を硬化させようとした。しかし、批判的精神はすでに中央委員会にまで伝染していたので、一九六八年一月中央委員会はアレクサンデル・ドプチェク(3)という無名の人物に采配を委ねることを決議した。〈プラハの春〉がはじまった。陽気になった国は、ロシアに押しつけられた生活様式を拒み、国内の境界は開かれ、すべての社会組織（組合、同盟、団体）は、もともと〈党〉の意志を人民に伝えるためのものだったのに、それぞれ独立し、予想外の民主制の、予想外の手先に変わってしまった。まったく先例のない体制が（どんな予備的な計画もなく、ほとんど偶然に）誕生した。百パーセント国有化された経済、協同組合の手に委ねられた農業、あまりにも豊かな人びとがいない代わりに、あまりにも貧しい人びともいない社会、学校と医療の無償化、しかしまた、秘密警察の権力の終息、政治的迫害の終息、検閲をうけずに書く自由、したがって文学、芸術、思想、雑誌の開花。このような体制の未来の展望がどういうものだったか、わたしは知らない。当時の地政的な状況では、きっと無に等しかったのだろう。だが、別の地政的な状況ではどうだったか？　だれが知りえよう……。いずれにしろ、この体制が存続した束の間、あの束の間はとても素晴らしい日々だった。

『ボヘミアの奇蹟』（一九七〇年に完成）のなかで、シュクヴォレツキーは［共産党が政権を奪った］一九四八年と一九六八年のあいだの時期をあますところなく物語っている。驚かされるのは、彼が権力の愚行だけでなく、反体制派、〈プラハの春〉の舞台に躍り出た者たちの自惚れた仰々しい身ぶりにも懐疑の目を向けていることだ。まさにこのために、侵攻の破局のあとのチェコスロヴァキアでも、この本はシュクヴォレツキーの全作品と同じく発禁になったばかりでなく、反体制派の人びとにも敬遠されたのだった。この者たちは道徳主義のウイルスに感染し、不都合な観点の自由、不都合なイロニーの自由に我慢できなかったのである。

4

一九六八年九月のパリで、シュクヴォレツキー夫妻とわたしがフランスの友人たちとふたつの〈春〉について議論したとき、わたしたちには気がかりなことがないではなかった。わたしはプラハへの困難な帰還のことを、彼らはトロントへの困難な亡命のことを考えていた。アメリカ文学とジャズへのヨゼフの熱愛はこの選択を容易にした（まるでごく若い時期から、各人はめいめい、あるかもしれないじぶんの亡命先を心にもっているかのようだ。わたしの場合はフランス、彼らのほうは北アメリカといったように……）。しかし、たとえ彼らのコスモポリタニズムがいかに大きかろうと、シュクヴォレツキー夫妻は愛国者だった。ああ、わたしにも分かっている、こんにちのようなヨーロッパの画一化推進者たちがおこなっている舞踏会の時代には、「ナショナリスト」と（侮蔑的に）言わねばならないことを。しかし、わたしたちを許してもらいたい。このようにも陰鬱な時代、いったいどうしてわたしたちが愛国者にならないでいることができようか？　シュクヴォレツキー夫妻はトロントのちいさい家に住んでいたが、そのひと部屋を祖国で発禁になったチェコの作家たちの編集・出版にあてていた。当時は、それほど重要なことはまたとなかったのだ。チェコ国民は軍事的な征服によってではなく、その文学で生まれた（何度も生まれた）のである。とはいえ、わたしは政治的な武器としての文学ではなく、文学としての文学のことを話している。ちなみに、どんな政治組織もシュクヴォレツキー夫妻に助成金を出したわけではなく、編集者としての彼らはただ、自力と自己犠牲しか当てにできなかった。わたしはこのことをけっして忘れないだろう。パリに住んでいたが、わたしにとってじぶんの祖国への真心はいつもトロントにあった。ロシアの占領が終わると、外国でチェコの本を編集・出版する必要はなくなった。以来ズデナとヨゼフはときどきプラハを訪れているが、しかしいつもじぶんたちの祖国にもどって生活している。ふたりの古くからの亡命先である祖国に。

下からおまえはバラの匂いを嗅ぐだろう（エルネスト・ブルルールの家での最後の会話）

わたしたちは、いつものように褐色の砂糖入りの白いラム酒を飲んでいた。床には画布が、ここ数年の多くの画布があった。しかしその日わたしは、壁にかけられたごく最近の絵に注意を集中していた。それはわたしが初めて見る絵であり、白い色が優先されていることとで以前の絵と異なっていた。わたしが「死がいたるところに、つねにあるということか？」と尋ねると、彼は「そうだ」と答えた。

以前の時期には、頭のない裸の人体が宙に舞っている一方で、下には果てしない夜に泣いている子犬たちがいた。これらの夜の絵は、夜しか自由な時がない奴隷たちの過去に鼓舞されたものとわたしは信じていた。「夜はついにきみの白い絵からなくなったというわけか？」と尋ねると、「いや、これはずっと夜なのさ」と彼は言った。そこでわたしは理解した。夜はただシャツを裏返しにしただけなのだと。それは永遠に彼岸に照らされた夜だったのだ。

彼はわたしにこう説明してくれた。制作の最初の段階では、画布はとても色彩豊かだったが、やがて徐々に白い色が、繊細な細紐のカーテンのように、雨のように、絵を覆ってしまったのだと。わたしは言った。「天使たちが夜にきみのアトリエを訪れ、きみの絵に白いおしっこをするんだよ」。

わたしが何度もながめたのはこのような絵である。左側に開かれた戸、中央にはまるでどこかの家から出てきたように浮かんでいる水平の人体。下の右側にそっと置かれた帽子。わたしは理解した。これはある家の戸ではなく、マルティニックの墓地で見られる墓、白いタイルの小屋の入り口なのだと。

わたしは墓の端にある、なんとも驚くべき下の帽子をながめていた。シュルレアリスム風の突飛なオブジェだろうか？　前日わたしはマルティニックの別の友人ユベールの家に行っていた。彼はわたしに帽子を、ずっとまえに亡くなった父親の大きく立派な帽子を見せてくれた。「ぼくらのところでは長男が父親から引き継ぐ形見、それがこの帽子なんだ」と彼は説明してくれた。

それからバラ。そのバラは舞っている人体のまわりに漂っているか、人体の上に生えている。突然、わたしの頭に詩句が、わたしがごく若かったときに魅了された詩句、フランティシェク・ハラス［一九〇一―四九年］のチェコ語の詩句が甦ってきた。

下からおまえはバラの匂いを嗅ぐだろう

おまえがじぶんの死を生きるときに
そしておまえは夜のなかに捨てるだろう
おまえの盾だった愛を

すると、わたしにはじぶんの祖国が、あのバロックの教会、バロックの墓地、バロックの彫像の国が見えてきた。立ち去り、もう生者のものではなくなったが、たとえ解体しても人体であることをやめず、したがって愛、優しさ、欲望の対象になる人体の妄想とともに。そしてわたしは、いにしえのアフリカといにしえのボヘミア、黒人たちの小村とパスカルの無限の空間、ハラスとセゼール、小便をする天使たちと泣いている犬たち、わたしの家とわたしの彼方を眼前に見る思いがした。

第七部

わたしの初恋

片足の大走行

もしだれかが、なにによって祖国というものがわたしの審美的遺伝子に恒久的に刻まれているのか尋ねるとしたら、わたしはためらうことなく、ヤナーチェクの音楽によって、と答えることだろう。これには、伝記的な巡り合わせがしかるべき役割を果たしている。ヤナーチェクは生涯のほとんどをブルノで過ごした。これはわたしの父と同じで、若いピアニストだった父は、彼の音楽に魅了された（そして孤立した）最初の玄人と擁護者たちのサークルの一員だった。わたしはヤナーチェクが死去した一年後にこの世に生まれてきた。そこで、ごく幼いころから毎日、わたしの父か、父の弟子たちによって、彼の音楽がピアノで演奏されるのを聞いていた。あの暗い占領時代の一九七一年、父の葬式[1]のさい、わたしはどんな弔辞も遠慮してもらった。火葬場では、ただ四人の音楽家がヤナーチェクの弦楽四重奏曲第二番を演奏しただけだった。

その四年後、わたしはフランスに亡命したのだが、じぶんの国の運命に心を揺さぶられ、自国の最高の作曲家のことを何度も、長々とラジオで話した。そのあとにも、これらの年（九〇年代初頭）に録音された彼の音楽のレコード批評を音楽雑誌に書くことを喜んで引きうけた。そう、それは喜びにはちがいなかったが、その喜びは、演奏の信じがたいほどまちまちな（そしてしばしば情けない）水準によって、いささか損なわれた。それらすべてのレコードのうち、わたしを魅了したのはたった二枚にすぎなかった。アラン・プラネス[2]が弾いたピアノ曲とウイーンのアルバン・ベルク四重奏団が演奏した弦楽四重奏曲である。彼らに讃辞を呈する（そしてこの結果として他の演奏家たちを攻撃する）ために、わたしはヤナーチェクの様式をこのように定義しようとした。「移行部なしに速く継起し、しばしば同時に響くきわめて対照的な主題の、目くるめくほど緊密な並置。最大限に切り詰められた間隔での荒々しさと優しさのあいだの緊張。さらには、美しさと醜さとのあいだの緊張。というのも、ヤナーチェクはおそらく、偉大な画家たちが知っている問い、すなわち芸術作品の対象としての醜さという問いを、みずからの音楽のなかで発することができた稀な作曲家のひとりだからだ（たとえば弦楽四重奏曲のなかの、軋み、楽音を騒音に変えるスル・ポンティチェロ〔擦弦楽器の運弓法で、駒の近くを弾くこと〕で演奏されるパッセージ）」。しかし、あれほどわたしをうっとりさせたこのレコードにさえ、ヤナーチェクを愚かしくも民族主義的に解説して、「スメタナの精神的な弟子」にしてしまい（彼はその反対だったのだ！）、彼の表現性を過ぎ去った一時期のロマン派の感傷主義に短絡させる紹介文がついている。

同じ音楽をさまざまに異なったふうに演奏すれば、なにかしらの異なった特質が生みだされる。これ以上当然なことはない。ところが、ヤナーチェクの場合、問題は完璧さに欠けるということではなく、彼の美学に耳が傾けられていないということなのだ！このような無理解を、わたしは示唆的で意味深いものと思う。というのも、それは彼の音楽の運命にのしかかっていた呪いを明かしてくれるからだ。以下は「片足の大走行」についてこのテクストを書く理由である。

一八五四年、彼は貧しい家庭環境で、ある村（ちいさな村）の教師の息子として生まれ、十一歳のときから死ぬまでブルノで生活した。ブルノは田舎町で、中心がプラハにあったチェコの知的生活の枠外にあった（もっとも、プラハもまた、オーストリア・ハンガリー帝国の田舎町にすぎなかったのだが）。このような状況で、彼の芸術的な進化はとても本当とは思えないほど緩慢なものになった。ごく若いときから楽曲を書いたが、独自の様式を見つけるのはようやく四十五歳くらいになって、『イェヌーファ』を作曲したときだった。このオペラは一九〇二年に完成し、初演はブルノのつつましい劇場で一九〇四年におこなわれた。このとき彼は五十歳で、髪はすっかり白くなっていた。彼は依然として過小評価され、ほとんど無名に近い状態のまま、一九一六年まで待たねばならなかった。この年、十四年にわたる拒絶の末、やっと『イェヌーファ』がプラハで上演され、予想外の成功をおさめたのだ。この成功によって、みんながあっと驚くほど一挙に、彼は祖国の国境の外でも知られるようになった。彼は六十二歳であり、彼の人生の走行は目が眩むほど加速された。彼には生きる時間が十二年ほどしか残されていなかったので、まるで絶えず熱にでも浮かされたように、作品の大部分を書いた。彼は現代音楽国際協会のあらゆるフェスティバルに招かれ、バルトーク、シェーンベルク、ストラヴィンスキーらと並んで彼らの兄弟(ずっと年長だが、それでも兄弟)のように登場した。

彼はいったい何者だったのか? プラハの傲慢な音楽学者たちが頑固に言い張っていたように、素朴にも民謡に取りつかれた田舎者だったのだろうか? それとも現代音楽の巨匠のひとりだったのか? もしそうだとすれば、どんな現代音楽なのか? 彼は知られているどんな運動にも、グループにも、流派にも属していなかった! 彼は異色で孤独だった。

ヴラジミール・ヘルフェルト(3)は一九一九年ブルノ大学の教師になり、ヤナーチェクに魅惑されて、ただちに彼についての膨大な、計画では四巻になるはずの個別研究書《モノグラフィー》を書きはじめた。ヤナーチェクは一九二八年に死んだ。その十年後、ヘルフェルトは長い研究を積み重ねて、第一巻を完成した。ところが、それは一九三八年という、ミュンヘン会談(4)、ドイツ軍による占領、戦争の年だった。強制収容所に送られたヘルフェルトは、平和な日々が訪れるようになったころに死んだ。彼の個別研究書で残ったのは第一巻だけであり、その巻末に出てくるヤナーチェクはまだ三十五歳でしかなく、まともな作品はひとつもなかった。

ここで逸話をひとつ述べておく。一九二四年、マックス・ブロート[5]はヤナーチェクについて、（ドイツ語で）熱狂的な短い個別研究書（彼について書かれた最初の本）を刊行した。ヘルフェルトはただちにその作者を攻撃した。ブロートには学術的な真面目さがない！　その証拠にわたしがその存在さえも知らない若書きの曲があるではないか！　ヤナーチェクはブロートを擁護した。［ヘルフェルトのように］どんな重要性もないものに拘泥して、なんの益があるのか？　作曲家が重要視せず、その大半を燃やしさえしたものに基づいて、なぜその作曲家を評価するのかと。

これは原型的な衝突である。新しい様式、新しい美学をどのように捉えたらいいのか？　歴史家たちがそうするのを好むように、後方に、芸術家の青春時代に、彼の最初の性交に、乳児の最初のおしめに遡ることによってか？　あるいは、芸術の実践者たちがそうするように、作品自体、作品の構造を検討し、それを分析し、細かく吟味し、比較し、対比させることによってか？

わたしは有名な『エルナニ』の初演[6]のことを考える。ユゴーは二十八歳で、仲間たちは彼よりずっと年少だった。そして全員がこの劇作のみならず、彼の新しい美学にも熱中し、この美学をよく知り、擁護し、そのために戦った。わたしはシェーンベルクのことを考える。彼はいくら広範囲の聴衆によって不平を漏らされても、若い音楽家たち、弟子たち、玄人たちに取り囲まれ、そのなかのひとりにアドルノがいた。アドルノはのちに、彼について名高い本、彼の音楽の浩瀚な解説書［『新音楽の哲学』］を書くことになる。わたしはシュルレアリストたちのことを考える。彼らはいかなる誤った解釈もされないように、急いで彼らの作品に理論的なマニフェストを添えた。言いかえれば、現代のすべての運動はいつも、同時に彼らの芸術と彼らの審美的計画のために戦ってきたのである。

　ところが、田舎にいたヤナーチェクには、どんな友人の一団もまわりにいなかった。彼の音楽の新しさを説明する、どんなアドルノも、アドルノの十分の一、百分の一の存在さえもいなかった。その結果、彼の音楽はどんな理論的支えもなく、単独で、さながら片足の走者のように前進しなければならなかった。彼の人生の最後の十年間、ブルノでは若い音楽家たちのサークルが、彼を崇拝し理解したが、彼らの声はほとんど聞き取れない程度でしかなかった。これは死までわずかな時間しか残されていなかったころだが、プラハの国立歌劇場（十四年ものあいだ『イェヌーファ』を拒絶していた歌劇場）が、アルバン・ベルクの『ヴォツェック』[7]を上演したとき、あまりにも現代的すぎるその音楽に苛立ったプラハの聴衆はこの出し物に口笛を吹いて不平をあらわした。すると、この歌劇場の経営陣がいとも従順に、いち早く『ヴォツェック』をプログラムから外してしまった。このとき、老ヤナーチェクは公的に、猛然とベルクを擁護した。まるで、まだ時間があるうちに、じぶんがだれに属するか、だれがじぶんの身内か――全生涯いなかったじぶんの身内かを、知らしめてやりたいと欲したかのように。

　彼の死後八十年経ったこんにち、わたしはラルース百科事典を開いて、彼のポートレイトを読む。「……彼は体系的に民謡を収集することを企て、民謡の活力が彼の全作品と全政治思想に糧をあたえた」（こんな文言から浮かびあがる、およそありそうもない愚か者の姿を想像してみていただきたい！）……彼の作品は「本質的に国民的かつ民族的」であり（つまり、現代音楽の国際的コンテクストの外にあるということだ！）彼のオペラには「社会主義のイデオロギーがしみついている」（まったくのナンセンス……）。……）。彼の形式は「伝統的」と形容され、彼の非‐順応主義には口を閉ざされる。彼のオペラについては、（未熟な作品で、忘れられても当然な）『シャールカ』に言及されていても、世紀の偉大なオペラのひとつ、『死の家より』にはひと言も触れられていないのである。

だから、数十年のあいだ、ピアニストたち、指揮者たちがこのような交通標識に戸惑い、彼の様式を求めてさ迷ったとしても、どうして驚くことがあろうか？　だからこそよけい、わたしはただちに確信をもって彼を理解した人たち、すなわちチャールズ・マッケラス(8)、アラン・プラネス、アルバン・ベルク四重奏団などに感嘆の気持ちをいだくのである。彼の死後七十五年たった二〇〇三年のパリで熱狂的な聴衆をまえに二度にわたっておこなわれた大コンサートに、わたしは列席した。ピエール・ブーレーズ(9)が『カプリッチョ』『シンフォニエッタ』『グラゴル・ミサ』の三曲［いずれも一九二六年作］を指揮したのだ。かつてわたしは、これほどヤナーチェク的なヤナーチェクを聴いたことは一度もない。そこには彼本来の無遠慮な明晰さ、反ロマン主義的な表現性、荒々しい現代性などがあったのである。そのとき、わたしはこう思った。もしかすると、まる一世紀のあいだ、ただ一本の足で走っていたヤナーチェクは、ついに、そしてこれを最後に、身内の一団に追いつこうとしているのかもしれないと。

もっともノスタルジックなオペラ

1

ヤナーチェクのオペラには、五つの傑作がある。そのうち三つ――『イェヌーファ』（一九〇二年）『カーチャ・カバノヴァー』（一九二一年）『マクロプロス事件』（一九二四年）――の台本は、戯曲を脚色し、短縮したものである。他のふたつ――『利口な女狐の物語』（一九二三年）と『死の家より』（一九二七年）――は異なっている。前者は同時代のチェコの作家の新聞連載小説（魅力的だが、大して芸術的な野心のない作品）に基づいて書かれたものであり、後者はドストエフスキーの獄中の思い出［『死の家の記録』］に着想を得たものである。ここでは短縮したり、脚色したりするだけでは充分でなかった。自立的な劇作品を創造し、それに新しい構造をあたえねばならなかった。この任務をヤナーチェクはだれにも委ねることができず、じぶん自身で引きうけた。

しかもこれは、このふたつの文学的モデルには構成も劇的な緊張もないということから、複雑な任務だった。『利口な女狐の物語』は森の牧歌に基づく場面のたんなる連続だが、『死の家より』のほうは牢獄生活のルポルタージュである。そこで、これこそ注目すべきことなのだが、ヤナーチェクは書き替えにおいて、この筋立てとサスペンスの欠如を取り繕うのになにもせず、逆にこの欠如を強調した。欠点を切り札に変えたのである。

オペラという芸術と不可分の危険は、音楽が容易にたんなる例証になりかねないこと、観衆が筋立ての成り行きに集中しすぎて、聴衆でなくなりかねないことである。この観点からすれば、ヤナーチェクが作り話や劇的な筋立てを断念したことは、オペラの内部の「力関係」を逆転させ、徹底して音楽を前面に押し出したいと願う偉大な音楽家の、最高の戦略のように思われてくるのである。

まさにこの筋のぼかしのおかげで、ヤナーチェクは他の三作よりこの二作において、オペラのテクストの特殊性を見つけることができたのだった。このことは、ひとつの反証によって示されるかもしれない。もし二作を音楽なしに上演してみれば、台本はむしろ無に等しいことが明らかになるだろう。無に等しくなるのは、ヤナーチェクが構想の最初から音楽に主要な役割をとっておいたからである。音楽こそが語り、人物の心理を明かし、ひとを感動させ、驚かせ、瞑想させ、魅了する。さらに作品の全体を組織し、構造（しかもきわめて凝った、きわめて洗練された構造）を決定しさえするのだ。

2

『利口な女狐の物語』は動物たちが人格化されているので、おとぎ話、寓話もしくはアレゴリーだと思いこむ人がいるかもしれない。そのような間違いをおかせば、この作品の本質的な独創性、すなわちこの作品が人間の生活という散文、すなわち普通の日常性に根を下ろしているのが隠されてしまうことになるだろう。舞台装置は森の家、宿屋、森であり、登場人物は森番、村の小学校の先生と牧師というふたりの仲間、それから宿屋の亭主、その妻、密猟者、それに動物たち。動物たちが人格化されているからといって、散文的な日常性から引き離されるわけではいささかもない。女狐は森番に捕らえられ、中庭に閉じこめられるが、やがて逃げだし、森に住んで子供を産む。それから、密猟者に銃殺され、じぶんを殺した男の許婚の防寒のマフに成りはてる。動物が出てくる場面で、あるがままの生活の平凡さにくわわるのは、社会的な権利を求める鶏たちの反乱、ねたみ深い鳥たちの説教じみた陰口などといった、ただ遊戯的な無遠慮さの微笑だけだ。

動物の世界と人間の世界を結びつけるのは、過ぎゆく時間、すべての道がそこに通じる老化といった同じ主題である。ミケランジェロは有名な詩のなかで、画家として老化のことを語り、肉体の衰えの恐ろしく具体的な細部を積み重ねていた。ヤナーチェクのほうは音楽家として老化のことを話す。老化の「音楽的本質」(音楽的というのは、音楽が獲得でき、ただ音楽だけが表現できるという意味)とは、もはやなくなった時間へのかぎりないノスタルジーなのだと。

3

ノスタルジー。これは作品の雰囲気だけでなく、たえず対面するふたつの時間の平行関係に基づくその構造をも決定している。つまりゆっくりと老いていく人間の時間と生命が慌ただしく先に進む動物の時間ということだ。女狐の急速な時間の鏡に、老いた森番はみずからの生命のメランコリックな儚さを感じとるのである。

オペラの最初の場面で、疲れた森番が森を通る。「おれは新婚の夜みたいに、くたくたな感じがする」と彼は嘆息する。それから彼はすわって眠りこむ。最後の場面では、彼はやはり新婚の夜のことを思いだし、やはり木の下で眠りこむ。オペラの半ばで陽気に祝われる女狐の新婚が、惜別の和らいだ光の後輪につつまれるのは、この人間的な枠組みのおかげなのだ。

オペラの最後のパッセージは、一見なんでもないが、つねにわたしの心を締めつける場面ではじまる。森番と小学校の先生がふたりだけで宿屋にいる。仲間の三人目の牧師は、別の村に配属され、もはやふたりといっしょでない。宿屋の女房は忙しすぎて話をする気にもなれない。小学校の先生もまた黙りがちだ。その日、彼が惚れていた女が結婚するからだ。だから、会話はひどく乏しくなる。宿屋の亭主はどこにいるのか？　町にいる。牧師はどこに行くのか？　だれも知らない。そして森番の犬はどうしてそこにいないのか？　その犬はもう歩くことが厭になったからだ。犬は脚を痛め、老いぼれているのだ。おれたちと同じだな、と森番が付けくわえる。これほどまで平凡な対話しかないオペラの場面を、わたしはひとつも知らない。だが、これほど悲痛で現実的な場面もまた、わたしはひとつも知らないのである。

ヤナーチェクは、ただオペラだけが言いうることを言うことに成功した。ある宿屋でのなんでもない雑談の、耐えられないノスタルジーは、ただオペラによってしか表現することができないのだ。音楽は、もし音楽がなければ、つまらなく、気づかれず、無言になってしまうような状況の第四次元になるのである。

4

しこたま痛飲したあと、小学校の先生は野原でひとりきりになり、一輪のひまわりを見る。ひとりの女性に狂おしく恋しているこの先生は、それが彼女だと思いこむ。彼は跪き、ひまわりに愛を告白する。「この世界のどこにでも、ぼくはきみといっしょに行こう。ぼくの腕にきみを抱きしめよう」。ここは七つの小節でしかないが、きわめて悲壮な強度がある。(ストラヴィンスキーにならありそうだが)意外な不協和音によって、この告白のグロテスクな性格を理解させようとするような、ただひとつの音符もないことを示すために、わたしはこのところをそれぞれの和音とともに引用する。(楽譜①)

これが老ヤナーチェクの知恵というものである。彼は、わたしたちの感情がいくら滑稽でも、それが正真正銘のものであることに変わりがないと知っているのだ。この先生の熱愛が深く誠実になればなるほど、それがますます喜劇的になり、ますます悲しくなるる(ところが、音楽のないこの場面を想像してみよう。それはたんに喜劇的でしかなくなるだろう。しかも、ありきたりな喜劇に。ただ音楽だけが、隠された悲しみに気づかせてくれるのである)。

だが、もうすこしだけ、このひまわりにたいする愛の歌にとどまろう。それは七小節しかつづかず、二度ともどってこないし、どんなつづきもない。わたしたちはここで、ワーグナー的情緒性の対極にいる。ワーグナー的情緒性は、穿ち、深め、広げ、陶酔にいたるまで、そのつどただひとつの情緒をふくらます、長い旋律に特徴がある。ヤナーチェクにおいては、情緒はこれに劣らず強烈だが、極端なくらいに凝縮され、したがって短いのである。この世界はさまざまな感情が過ぎ去り、交代し、対決し、そしてしばしば、元来両立できないものなのに、同時に鳴り響く激しい回転木馬に似ている。ヤナーチェクの全音楽の模倣しがたい緊張はそこに由来する。『利口な女狐の物語』の最初

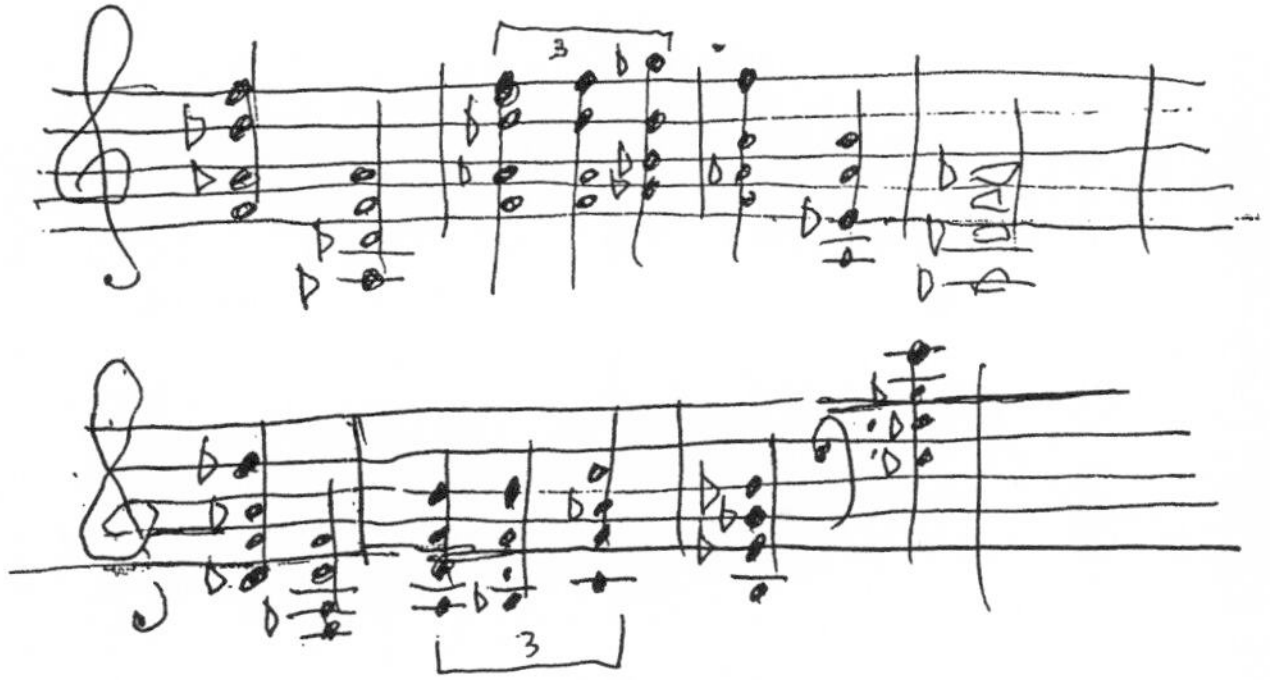

楽譜①

楽譜②

の数小節全体がそのことを証している。物憂げなノスタルジーのレガート［音の間の途切れを感じさせないように滑らかに］のモチーフが、それを邪魔する、何度も繰りかえされ、だんだんと攻撃的になる速い三つの音で終わるスタッカート［音を短く切って］のモチーフとぶつかるのだ。（楽譜②）

同時に提示され、混ざり合い、重なり合い、互いに対抗するこの情緒的に矛盾するふたつのモチーフが、不安を掻きたてる同時性のなかで最初の四十一小節を占め、冒頭から、『利口な女狐の物語』というこの哀切な牧歌の情緒的な雰囲気に、わたしたちを沈めるのである。

5

終幕。森番は小学校の先生に別れを告げ、宿屋を出る。彼は森のなかで、ノスタルジーにわれを忘れる。彼は結婚式の日に、妻とふたりで同じ木々の下を散策したことを考える。魔法の歌。うしなわれた春の高揚。では、なにはともあれ、これは申し分のないフィナーレなのか？　かならずしもまったく「申し分がない」というわけではない。というのも、散文が絶えずこの高揚に介入してくるからだ。まず、不愉快な蠅の唸り声（スル・ポンティチェロのヴァイオリン）によって。森番はその蠅を顔から追い払う。「この蠅どもがいなければ、おれはすぐに眠りこんでしまうのに」。というのも、忘れないようにしよう、彼は老いている、脚を痛めている彼の犬と同じように老いているのだから。とはいえ、さらに数小節のあいだ、彼は歌をつづけ、やがて本当にまどろんでしまう。夢のなかで、彼は森のあらゆる動物たちを見るのだが、ちいさな女狐、利口な女狐の娘がいる。彼はそのちいさな女狐に言う。「おまえの母ちゃんみたいにおれはおまえを捕まえてやろう。だが、今度はもっとおまえの世話をしてやる。おまえやおれのことが新聞に書かれないようにな」。これはヤナーチェクがオペラの元にした新聞連載小説への言及であり、わたしたちをじつに強度な抒情的雰囲気から呼び覚ます（といっても、数秒を越えないあいだの）冗談である。やがて、一匹の蛙が近づいてくる。「ちっちゃい怪物よ、おまえはここでなにをしているんだ？」と森番は蛙に言う。蛙は舌をもつれさせながら答える。「あんたが見ているると思っているのは、あたしじゃないわ。それはあ、あ、あたしのじいちゃんよ。じいちゃんはあんたのことをよ、よ、よく話してくれたわ」。これがこのオペラの最後の言葉である。森番が一本の木の下で深々と眠っている（たぶん、いびきをかいているのかもしれない）一方で、音楽は（短く、ただ数小節のあいだだけ）陶酔した忘我のように晴れやかになる。

6

ああ、あのちいさな蛙！　マックス・ブロートはその蛙がまったく好きでなかった。

マックス・ブロート、そう、フランツ・カフカのもっとも親密な友人のことである。彼はできるところならどこでもヤナーチェクを支持していた。彼のオペラをドイツ語に訳し、彼のためにドイツの劇場を開いてやっていた。彼の友情が誠実だったおかげで、この作曲家にどんな批判的な指摘でも伝えることができた。ある手紙のなかで彼はこう書いた。蛙などを登場させてはいけません。また、蛙の舌のもつれではなく、森番がこのオペラの締め括りとなる言葉を厳粛に告げるべきです！　さらに彼はその言葉さえ提案している。「かくしてすべてがもどる、若々しい永遠の力をもってすべてが！（So kehrt alles zurück, alles in ewiger Jungendpracht!）」と。

ヤナーチェクは拒否した。というのも、ブロートの提案は彼の審美的な意図とまったく正反対のもの、彼が全生涯にわたっておこなってきた戦いと正反対のものだったからだ。この戦いは、彼とオペラの伝統とを対立させていた戦いであり、彼をワーグナーに対立させ、スメタナに対立させ、彼の同国人たちの公式の音楽学に対立させていた戦いだった。言いかえると、彼を（ルネ・ジラール[1]の用語をつかえば）「ロマン主義の嘘」と対立させてきた戦いだった。蛙をめぐるちょっとした言い争いは、ブロートの救いようのないロマン主義を明らかにする。老いて疲れ果てた森番が両腕を広げて、頭をうしろにそらせ、永遠の青春の栄光を歌いあげる姿を想像してみよう！　これこそまたとない「ロマン主義の嘘」、あるいは別の言葉をつかえば、これこそまさしくキッチュなのである。

二十世紀の中央ヨーロッパのもっとも偉大な文学的人物たち（カフカ、ムージル、ブロッホ、ゴンブローヴィチ、またフロイト）は、ヨーロッパの彼らの部分で、ことのほかうっとうしいロマン主義の重みに屈していた前世紀の遺産に反抗した（もっとも彼らはこの反抗のなかで、ひどく孤立していたのだが）。彼らによれば、このロマン主義がその通俗的な絶頂期にはどうしてもキッチュにならざるをえないのだという。そこで、このキッチュこそが彼らにとって（彼らの弟子たちと後継者たちにとって）最高の審美的悪になったのだった。

十九世紀にひとりのバルザックも、ひとりのスタンダールも世に出せなかった中央ヨーロッパは、オペラに多大な崇拝を捧げ、オペラは他のどこよりも社会的、政治的、国民的な役割を果たした。したがって、あるがままのオペラ、その精神、その周知の大仰さが、これらの偉大なモダニストたちの皮肉まじりの苛立ちを引きおこしたのである。たとえばブロッホにとって、それはワーグナーのオペラであり、その華美と感傷主義、その非現実主義を伴うオペラはキッチュの範例そのものであった。

ヤナーチェクは、その作品の美学によって、この偉大な（そして孤立した）反ロマン主義者たちの集団の一員だった。たとえオペラに一生を費やしたとしても、彼はその伝統、慣習、大仰な身ぶりにたいして、ヘルマン・ブロッホと同じような批判的な関係を保っていたのである。

7

ヤナーチェクは散文のテクストに基づくオペラを作曲した最初の音楽家のひとりである（彼は十九世紀が終わるまえから『イェヌーファ』を書きだしていた）。あたかも最終的に韻文の言葉（それとともに、詩的にされた現実観）を拒否し、その偉大な行為によって、一挙にみずからの様式をすっかり見つけたかのようだった。そして彼の偉大な賭けは、音楽美を散文、日常的な状況という散文、話し言葉という散文のうちに求めたことであり、これがやがて彼に旋律の技法の独創性をあたえることになった。

悲歌的なノスタルジーは音楽と詩の最高の主題である。しかしヤナーチェクが『利口な女狐の物語』で明らかにしたノスタルジーは、過ぎ去った時間を嘆き悲しむ演劇的な身ぶりとはほど遠い。おそろしく現実的なそのノスタルジーは、宿屋でのふたりの老人の雑談のなか、かわいそうな動物の死のなか、ひまわりのまえに跪いた小学校の先生の愛のなかなど、だれもそれを捜さないところにあるのだ。

第八部

シェーンベルクの忘却

それはわたしの祭りではない

（映画誕生百年を記念する《フランクフルター・ルントシャウ》紙に他のテクストとともに発表された一九九五年のテクスト）

リュミエール兄弟が一八九五年に発明したのは、ひとつの芸術ではなく、ひとつの技術だった。この技術のおかげで、ある現実の視覚的映像が瞬時の断片ではなく、その運動と持続をうしなうことなく捉え、示し、保存し、記録として保管できるようになった。この「動く写真」の発見がなければ、こんにちの世界は、いまあるようなものではなくなっていただろう。この新しい技術は、第一に白痴化の主要な代理人（コマーシャル・スポット、連続テレビ・ドラマといった、かつての粗悪な文学などとは比較にならないくらい強い代理人）であり、第二に地球的な無遠慮の代理人である（カメラは面倒な状況にある政敵たちを密かに映し、ある襲撃事件のあと担架に横たわった半裸の女性の苦しみを不滅にする……）。

たしかに芸術としての映画もまた存在する。しかし、その重要性は技術としての映画の重要性よりはるかに限定されたものであり、おそらくその歴史はあらゆる芸術史のうちもっとも短いものになるだろう。わたしは二十年まえのパリでのある夕食のことを思いだす。感じがよく利発な青年が、フェリーニ［一九二〇―九三年］のことを心地よげに嘲笑し、軽蔑しながら話して、フェリーニの最新の映画を端的にひどい代物だと言う。わたしは催眠術にかかったように、その青年をながめた。想像力の値打ちをいくらか知っていたわたしは、フェリーニの映画にたいして、なによりもまず、謙虚な感嘆の念をいだいていた。八〇年代初頭のフランスで、この才気あふれる青年をまえにして、わたしは初めて、チェコスロヴァキアでも、スターリン主義の最悪の年月にもけっして知らなかった感慨を覚えた。すなわち、じぶんが芸術が消え去ってしまう世界にいるのだという気持ちである。なぜならこれは、芸術以後の時代、芸術への欲求、芸術への感性、愛情が消えようとしている世界なのだから。

このときからというもの、わたしはだんだん頻繁にフェリーニがもう愛されていないことを確かめるようになった。たとえ彼が（ストラヴィンスキーのように、ピカソのように）その作品によって現代芸術史の一時代を画したのだとしても。たとえ彼が比類のない奇抜さによって、シュルレアリストたちのあの古い計画＝願望であった、夢と現実の融合を実現したのだとしても。たとえ彼が（ことのほか過小評価されていた）晩年に、わたしたちの現代世界を残酷に暴きだす明晰さをみずからの夢想的な眼差しにあたえることができたのだとしても（『オーケストラ・リハーサル』『女の都』『そして船は行く』『ジンジャーとフレッド』『インテルビスタ』『ボイス・オブ・ムーン』などを思いだしていただきたい)。

この晩年の時期、テレビで放映される映画がコマーシャル放送で中断されるという慣行に反対して、フェリーニはベルルスコーニと対立した。この対立のうちに、わたしはある深い意味を見つけた。コマーシャル・スポットもまた映画のジャンルのひとつなのだから、これはリュミエール兄弟のふたつの遺産の対決、すなわち芸術としての映画と白痴化の代理人としての映画の対決なのだと。その結果は知られている。芸術としての映画が負けたのだ。

この対決には、一九九三年にベルルスコーニのテレビ局が、無力で瀕死の裸のフェリーニの肉体を放映するという結末があった(奇妙な巡り合わせというべきだが、一九六〇年の『甘い生活』の一場面では、カメラの死体愛的な猛威が初めて予言的に捉えられ、示されていた)。歴史的な転機が完了し、リュミエール兄弟の相続者としての、フェリーニの孤児たちはもはや重きをなさなくなった。フェリーニのヨーロッパはまったく別のヨーロッパによって退けられてしまったのだ。映画の百周年？　そうだ。しかし、それはわたしの祭りではない。

ベルトルトよ、おまえのなにが残るのか?

一九九九年、パリのある週刊誌(もっとも信頼できるもののひとつ)が「今世紀の天才たち」に関する調査結果を公表した。栄えあるこの名簿には十八名いた。ココ・シャネル、マリア・カラス、ジークムント・フロイト、マリー・キュリー、イヴ・サン=ローラン、ル・コルビュジエ、アレクサンダー・フレミング、ロバート・オッペンハイマー、ジョン・D・ロックフェラー、スタンリー・キューブリック、ビル・ゲイツ、パブロ・ピカソ、ヘンリー・フォード、アルバート・アインシュタイン、ロバート・ノイス、エドワード・テラー、トーマス・エディソン、トーマス・H・モーガン。つまり、ひとりの小説家も、ひとりの詩人も、ひとりの劇作家も、ひとりの哲学者もいないのだ。ただひとりの建築家、ただひとりの画家がいるが、高級服デザイナーがふたりもいる。ひとりの作曲家もいないが、ひとりの女歌手がいる。ただひとりの映画監督がいる(パリのジャーナリストたちはエイゼンシュテインでも、チャップリンでも、ベルイマンでも、フェリーニでもなく、キューブリックを好んだのだ）。この栄えある名簿は無知蒙昧な者たちによってつくられたのではない。これはたいへん明敏にも、文学、哲学、芸術にたいするヨーロッパの新しい関係という、現実の変化を告げているのだ。

文化の大物たちは忘却されてしまったのか？　忘却というのは正確な言葉ではない。わたしは世紀末の同じ時期、個別研究書の津波がわたしたちのもとに押しよせたことを思いだす。グレアム・グリーン、アーネスト・ヘミングウェイ、T・S・エリオット、フィリップ・ラーキン、マルチン・ハイデガー、パブロ・ピカソ、ウージェーヌ・イヨネスコ、エミール・シオラン等々についての個別研究書の津波。

嫌みにみちたこれらの個別研究書（エリオットの擁護をしたクレイグ・レイン、ラーキンを擁護したマーチン・エイミスには感謝しておこう）は、例の週刊誌の栄えある名簿の意味を明らかにしてくれた。文化の天才たちはなんの後悔もなく遠ざけられ、人びとは、全員それぞれに世紀病、その背徳、その犯罪に巻き添えをくった文化の統率者たちではなく、安心してココ・シャネルと彼女のドレスの無垢のほうを好んだということである。ヨーロッパは検事たちの時代にはいったのだ。ヨーロッパはもはや愛されないし、みずからも愛さなくなったのである。

これはそれらの個別研究すべてが肖像画を描いた著者の作品にことさら厳しい態度を示したということだろうか？　いや、ちがう。この時代、芸術はすでに魅力をうしなっていて、教授たちも玄人たちも絵画や書物に関心をもたず、それらをつくった者たち、彼らの人生に関心をもったのである。

検事たちの時代に、人生とはなにを意味するのだろうか？

ひとを欺く表面の下に、〈過失〉を隠すことを目的とした、長い一連の出来事である。

変装の下に〈過失〉を見つけるために、個別研究者たちには探偵の才能とスパイ網が必要になる。そして学者としてのずば抜けたスケールをうしなわないために、頁の下に密告者たちの名前を列挙しなければならない。というのも、学術的に悪口が真実に変わるのは、そんな具合にしてだから。

わたしはベルトルト・ブレヒトに捧げられた八百頁もの大部の本を開く。メリーランド大学の比較文学の教授である著者は、ブレヒトの魂の低劣さ（隠された同性愛、色情狂、彼の戯曲の真の作者だった愛人たちの搾取、親ヒトラー的な共感、親スターリン的な共感、反ユダヤ主義、虚言癖、冷淡な心など）を詳細に示したあと、ついに（第四十五章）で彼の身体、なかんずくパラグラフをひとつ費やして描かれる彼の強い悪臭に達する。この嗅覚の発見の学術性を確認するために、彼はこの章の註四十三で「この緻密な描写は当時ベルリーナー・アンサンブルの現像所主任をしていたヴェラ・テンシェルトの描写」によるものだと明記している。この女性はそのことを「一九八五年六月五日」（つまり、この臭い男の入棺の三十年後）に話してくれたのだという。

ああ、ベルトルトよ、おまえのなにが残るのか？

三十年間おまえの忠実な協力者だった女性によって秘めおかれ、その後ひとりの学者によって取りあげられたおまえの悪臭だ。この学者は大学の実験室の近代的な方法によってその悪臭を凝縮したあと、それをわれわれの未来の千年に送りこんだのだ。

シェーンベルクの忘却

第二次世界大戦後二、三年して、青年だったわたしは、わたしより五歳ほど年長のユダヤ人の若いカップルと出会った。彼らは青春期をテレジンで、そのあと別の強制収容所で送った。わたしはじぶんの理解を大きく超える彼らの運命に気後れを感じた。わたしの遠慮は彼らを苛立たせた。「まあ、いい！　いいから！」と彼らは言い、向こうでの生活にはそれなりの幅があって、涙もあれば冗談もあり、恐ろしさもあれば優しさもあったことを何度もわたしに理解させようとした。彼らが伝説、不幸の化身、ナチズムの暗い書物の史料にされるのを拒んだのは、みずからの生への愛情のためだった。その後、わたしはすっかり彼らを見失ったが、彼らがわたしに理解させようとしたことは忘れなかった。

チェコ語ではテレジン、ドイツ語ではテレージェンシュタット。ナチスがショーウィンドーにつかうゲットーに変えた町である。ナチスは国際赤十字の節穴の目をした者たちに見せることができる程度に、そこの囚人たちをかなり文明的に生活させていた。そこには中央ヨーロッパ、とりわけオーストリア、チェコ地域のユダヤ人が収容されていた。そのなかに、フロイト、マーラー、ヤナーチェク、シェーンベルクの新ウイーン楽派、プラハの構造主義などの光のもとに人生をきずいた、偉大な世代の知識人、作曲家、作家たちが多くいた。

　彼らは幻想をいだいていたわけでない。死の控えの間で生きていた。彼らの文化的な生活はナチスの宣伝によってアリバイとして見せびらかされていた。だからといって彼らは、その悪用される束の間の自由を拒まねばならなかったのだろうか？　彼らの回答はまったく明快なものだった。じぶんたちの創作、展覧会、コンサート、恋愛、つまり彼らの生の全領域は、看守たちの死の喜劇などとは比較にならないほど重要なものだ。それが彼らの賭けだった。こんにち、彼らの知的・文化的活動はわたしたちの襟を正させる。わたしが考えているのは、ただ彼らがそこで創造した作品だけではない（わたしは作曲家たちのことを考えている！　ヤナーチェクの弟子で、子供のわたしに作曲法を教えてくれたパヴェル・ハース！　それからハンス・クラーサとギデオン・クライン、そして戦後ヨーロッパのもっとも偉大なオーケストラ指揮者になったカレル・アンチェルのことだ！）[1]。わたしが考えているのはまた、おそらくそれ以上に、おぞましい状況のなかでテレジンの全共同体を捉えた文化へのあの渇望のことである。

　彼らにとって、文化はなにを意味していたのか？　感情や考察の幅を十全に繰りひろげて、生がただ恐怖の次元だけに限定されないようにする方策だった。では向こうに拘束されていた芸術家たちにとっては？　彼らはみずからの個人的な運命が現代芸術、いわゆる「退廃した」芸術、追放され、嘲笑され、死刑に処された芸術の運命と一体になるのを見ていた。わたしは当時のテレジンのあるコンサートのポスターをながめてみる。プログラムにはマーラー、ツェムリンスキー、シェーンベルク、ハーバ(2)などの名前が並んでいる。死刑執行人たちの監視のもと、断罪された者たちが断罪された音楽を演奏していたのである。

わたしは過ぎ去った世紀の最後の数十年間のことを考える。記憶、記憶の義務、記憶の作業などがこの時代の旗印になる言葉だった。人びとは過去の政治犯罪を、その影までも、その汚らわしい最後の痕跡までも追及することを名誉ある行為だと見なしていた。しかしながら、このようなごく特殊な、糾弾的な、大急ぎで罰を下すのに役立つ記憶は、テレジンのユダヤ人がじつに情熱的に執着した記憶とはなんら共通点がない。彼らはみずからの拷問者たちが不滅だなどとはまったく思わず、マーラーやシェーンベルクを記憶に保つために、できるだけのことをしたのだった。

ある日、このような話題で議論していたとき、わたしはある友人に尋ねた。「ところで、きみは『ワルシャワの生き残り』のことを知っているか？」。「生き残り？　だれのことだ？」。彼にはわたしがなんのことを話しているのか分からなかった。しかしながら、アルノルト・シェーンベルクのオラトリオ、『ワルシャワの生き残り（Ein Überlebender aus Warschau)』はかって音楽が〈ホロコースト〉にささげた最高の記念碑なのである。二十世紀のユダヤ人の実存的な本質がそっくり生きたまま、そこに保存されている。その恐ろしい偉大さもろとも。その恐ろしい美しさもろとも。ひとは殺人者たちのことを忘れないために闘う。ところが、シェーンベルクのことは忘却するのである。

第九部

原-小説『皮膚』

1　ひとつの形式を求めて

その精神の力によってわたしたちを眩惑するが、ある呪いの痕跡をとどめているような作家、しかも偉大な作家たちがいる。言うべきことすべてについて、彼らの思想と同じくらい不可分な仕方で彼らの人格と結びついている形式を見つけられなかった作家たちのことだ。たとえば、わたしはマラパルテ(1)の世代のフランスの大作家たちのことを考える。若いころ、わたしは彼ら全員が大好きだった。おそらく、サルトルがいちばん好きだった。奇妙なことに、文学についてのエッセー（彼の「マニフェスト」『文学とは何か？』）のなかで、小説という概念にたいする不信によってわたしを驚かせたのは、まさに彼だった。彼は「小説」「小説家」とは言いたがらない。ある形式の最初の指標であるこの言葉を発するのを避け、「散文」「散文作家」、場合によっては「散文家」のことしか話さないのだ。彼はこう説明する。詩には「美的な自律性」を認めるが、散文には認められない。「散文は本質的に実用的なものである。〔……〕作家は話す人間であり、指し示し、証明し、秩序立て、拒否し、問いかけ、懇願し、侮辱し、説得し、暗示する」。しかし、この場合、形式はどんな重要性をもつのか？　彼は答える。「……問題は何について書きたいのか、蝶々のことなのか、ユダヤ人の状況なのかを知ることである。それが分かれば、あとはどのように書くか決めるだけだ」。そしてじっさい、サルトルのすべての小説は、いくら重要なものであれ、その形式の折衷的な性格を特徴としているのである。

わたしはトルストイという名前を耳にすると、ただちに類例のない彼のふたつの大小説［『戦争と平和』『アンナ・カレーニナ』］のことを想像する。わたしがサルトル、カミュ、マルローと言うとき、彼らの人格でまず思い浮かぶのは彼らの伝記、論争と闘争、意見の表明などである。

2　政治参加した作家の先例

サルトルの二十年まえ、マラパルテはすでに〈政治参加した作家《エクリヴァン・アンガジエ》〉だった。むしろ、その先例だと言っておこう。というのも、サルトルのこの有名な言い方は当時つかわれていなかったし、マラパルテはまだなにも書いていなかったからだ。十五歳のとき、彼は共和党（左翼政党）青年部の地方支部の書記になり、十六歳のとき、一九一四年の世界大戦が勃発すると、祖国を離れてフランス国境を越え、志願兵部隊にはいり、ドイツ兵と戦った。

わたしは青年の決断に必要以上の道理をあたえる者ではない。それでも、マラパルテの振る舞いが注目すべきことに変わりはない。しかもそれは誠実であり、またこんにちどんな政治的行為にも避けがたく伴うような、メディア的喜劇の彼方に位置づけるべきだと言っておく必要がある。戦争の終わりごろ、あるすさまじい戦闘のあいだ、彼はドイツ軍の火炎放射器によって重傷を負い、肺を痛め、心が傷ついた。

しかし、なぜわたしはこの学生＝兵士が、政治参加した作家の先例だと言ったのだろうか？　のちになって彼はじぶんの回想を物語っているからだ。イタリアの若い志願兵たちはたちまち対抗し合うふたつのグループに分裂した。一方がガリバルディ(2)に依拠し、他方が（前線に発つまえに彼らが集合したフランス南部［ヴォークリューズ］に住んだことがある）ペトラルカに依拠した。ところで、この青年たちの争論のなかで、マラパルテはガリバルディ派に反対してペトラルカの旗下の側にまわった。最初から、彼の政治《アンガー》参加《ジュマン》は組合活動家、政治の闘士などの政治参加ではなく、シェリー、ユゴー、あるいはマルローなど作家たちの政治参加に似ていたのだ。

　戦後、若い（とても若い）男だった彼は、ムッソリーニの党にはいった。大量虐殺の思い出に影響されていた彼は、ファシズムのなかに彼が知り、憎んだままの世界を一掃する革命の予兆を見た。彼はジャーナリストになり、政界で生じていることに精通し、社交人になり、精彩を放ってひとを惹きつける術を知ったが、とりわけ芸術と詩を愛好していた。つねにガリバルディよりもペトラルカを好み、なによりも大切にしたのは芸術家たちと作家たちだった。

　そして彼にとってペトラルカがガリバルディ以上の存在だったために、彼の政治参加も個人的で、常軌を逸し、独立独歩の、無軌道なものだったから、間もなく権力と対立することになった（ちょうど同じころ、ロシアでは、共産主義の知識人たちがまったく同じ状況を経験した）。彼は「反ファシスト的活動」のために逮捕され、党から追放され、しばらく監獄に拘留されたあと、長い自宅軟禁の刑に処された。釈放された彼はふたたびジャーナリストになるが、やがて一九四〇年に召集され、ロシアの前線から記事をおくった。ところが、この記事が間もなく（当然ながら）反ドイツ的で反ファシスト的だと判断されたために、ふたたび数ヶ月監獄暮らしをした。

3　ひとつの形式の発見

生涯のあいだ、マラパルテは――エッセー、論争、省察、回想など――多くの本を書き、いずれも聡明で華麗なものだったが、もし『カプート』〔邦訳『壊れたヨーロッパ』〕と『皮膚』がなかったら、とっくに忘れられていたことだろう。『カプート』によって、彼は重要な本を書いただけではなく、まったく新しく、彼にしか属さないひとつの形式を見つけたのだ。

この本はどんなものなのか？　一見したところ、戦争特派員のルポルタージュである。例外的で、センセーショナルとさえ言ってもよいルポルタージュだ。というのも、《コリエレ・デラ・セラ》紙のジャーナリストおよびイタリア軍の将校として、彼はナチスに占領されたヨーロッパを、察知できないスパイさながら自由に駆けまわっていたからだ。政界はサロンの輝かしい常連の彼に門戸を開いていた。『カプート』のなかで、彼はイタリアの政治家たち（とりわけムッソリーニの娘婿であった外務大臣のチアノ）や、ドイツの政治家たち（ポーランドの知事で、ユダヤ人の大量虐殺を組織したフランク、またフィンランドのサウナで出会った裸のヒムラー）や、衛星国の独裁者たち（クロアチアの支配者アンテ・パベリッチ）などとの会話を報告しているが、いつも社交関係に（ドイツ、ウクライナ、セルビア、クロアチア、ポーランド、ルーマニア、フィンランドなどの）ふつうの人びとの実生活の観察を添えている。

　彼の証言のユニークな性格を見ると、第二次世界大戦のどんな歴史家もみずからの経験に依拠せず、彼が本のなかで長々と話させているような、政治家たちの言葉をけっして引用しなかったことに驚くひとがいるかもしれない。これは奇怪なことだが、また理解できることでもある。というのも、このルポルタージュはたんなるルポルタージュとは別物だからである。これはひとつの文学作品なのであり、その美的な意図はじつに強く、明白なので、敏感な読者は思わず、歴史家たち、ジャーナリストたち、政治学者たち、記録作家などがもたらす証言の文脈からこれを除外するのである。

　この本の美的な意図は形式の独創性にもっとも際だって見られる。その構造を描いてみよう。それは部、章、節と三重に分けられている。六部あり（それぞれに表題がある）、各部には複数の章があり（やはりそれぞれに表題がついている）、各章は節に分けられている（これには表題がなく、たんに一行の空白によって互いに区切られている）。

以下は六部の表題である。「馬たち」「鼠たち」「犬たち」「鳥たち」「トナカイたち」「蝿たち」。これらの動物たちは物質的な存在として（第一部の忘れがたい場面。百頭の馬が湖の氷に閉じこめられ、その死んだ頭だけがうえに突き出ている）、また隠喩としても登場している（第二部では、鼠はドイツ人たちが取り扱っていたようなユダヤ人たちの象徴であり、第六部では、蝿が熱さと死体のせいでまったく現実的に増えるのだが、それと同時に、なかなか終わろうとしない戦争の雰囲気の象徴にもなっている……）。

出来事の展開はレポーターの経験の年代的な連続として組織されているわけではない。意図的に不均質の各部の出来事は、複数の歴史的時間、複数の場所に位置づけられている。たとえば、（マラパルテがストックホルムの旧友の家にいる）第一部には三章ある。第一章では、ふたりの男がパリで過ごした生活のことを思いだす。第二章では（やはりストックホルムに友人といる）マラパルテが、戦争によって血まみれになったウクライナで経験したことを語る。第三の最後の章では、フィンランド滞在のことを話す（凍った湖から馬の頭が突き出しているという恐ろしい光景を見たのはそこだ）。だから、各部の出来事は同じ日付でも、同じ場所でもなく生じるのだ。各部の統一性は（たとえば、第二部はユダヤ人の運命といったように）同じ雰囲気、同じ集団的な運命、そして（表題の動物の隠喩によって示される）同じ人間の実生活にある。

4　政治から離脱した作家

信じられないような状況（大半がドイツ国防軍に占領されたウクライナの農家）で書かれた『カプート』の原稿は、終戦まえの一九四四年、ちょうど解放されたばかりのイタリアで出版された。その直後、戦後の最初の数年のあいだに書かれた『皮膚』は、一九四九年に刊行された。この二冊の本は互いに似かよっている。マラパルテが『カプート』で発見した形式が『皮膚』の根底に見られるのだ。しかし、この二冊の本の類縁性が明らかになればなるほど、その違いもまた目立ってくる。

『カプート』の場面には、きわめて頻繁に実際の歴史的人物たちが登場する。これがある曖昧さを生む。これらの一節をどのように理解すべきか？　みずからの証言の正確さと誠実さを誇るジャーナリストの報告としてか？　それとも、これらの歴史的人物の独自の見方を詩人の天衣無縫さで伝えたいと願う著者の幻想としてなのか？

『皮膚』においては、そのような曖昧さは姿を消す。ここでは歴史的人物たちの出番はない。なるほどここにもまた、ナポリのイタリア貴族たちがアメリカ軍の将校たちと出会う社交的な大集会があるが、彼らの名前が実名であれ架空のものであれ、今度はそこにはなんの重要性もない。全篇にわたってマラパルテに同行するアメリカの大佐、ジャック・ハミルトンは本当に実在したのだろうか？　もしそうなら、彼の名前はジャック・ハミルトンだったのか？　また、彼はマラパルテに言わされることを言っているにすぎないのか？　これらの問いにはどんな意味も、まったくどんな意味もない。というのも、わたしたちはジャーナリストや記録作家たちに属する領域を全面的に離れてしまっているからだ。

もうひとつの大きな変化はこうである。『カプート』を書いた人間は〈政治参加した作家〉、つまりどこに悪があり、どこに善があるか分かっていると確信した作家である。彼は十八歳で手に火炎放射をうけたときと同じように、ドイツの侵略者たちを憎んでいる。いくつものユダヤ人大虐殺を目撃したあと、彼はどうしてじぶんが中立だと感じることができたのか？（ユダヤ人のことで付けくわえておけば、ドイツに占領されたすべての国々の日常的な迫害について、これほど衝撃的な証言を他のだれが書いただろうか？　しかも一九四四年、当時そのことがあまり話題にならず、ほとんどなにも知られていなかったというのに！）

『皮膚』においては、戦争は終わっていないが、その帰趨はすでに決している。あいかわらず弾丸が落ちてくるが、今度は別のヨーロッパに落ちてくるのだ。これまでは、だれが死刑執行人で、だれが犠牲者なのか問われることはなかった。いまや一挙に、善と悪の顔がヴェールに覆われる。新しい世界はまだよく分からず、未知で、謎である。話者にはただひとつの確信しかない。つまり、じぶんにはなんの確信もないのを確信しているということである。彼の無知が知恵になる。『カプート』においては、ファシストや体制協力者とサロンで会話するあいだ、マラパルテは、つねに冷ややかなイロニーによって、じぶん自身の考えを隠しているが、それだけによけい、読者にはその考えが明瞭になる。『皮膚』においては、彼の言葉は冷ややかでも、明瞭でもない。それはつねに皮肉《イロニック》めいているが、このイロニーは絶望的で、しばしば高揚する。彼は誇張し、矛盾したことを口にする。じぶんの言葉によって、みずからを痛めつけ、他人たちを痛めつける。これは話す痛ましい人間であって、政治参加した作家ではない。ひとりの詩人なのだ。

5　『皮膚』の構成

『カプート』の（部、章、節といった）三重の区分とは反対に、『皮膚』には二重の区分しかない。部はなく、ひと続きの十二の章だけがあり、各章にはひとつの表題があるが、それぞれ一行の空白によって区切られ、表題のない複数の節から成っている。したがって、構成はより単純になり、叙述はより速くなり、全篇は前作より四分の一短くなっている。まるで『カプート』のややぽっちゃりした体がダイエットをしてスリム化したみたいだ。

そのうえ美化されてもいる。この美を、とりわけ魅惑に充ち満ち、五つの節をふくむ第六章（「黒い風」）によって例証してみよう。

見事なほど短い最初の節は、わずか四行のひとつのパラグラフで、「手探りで歩く盲人のように」、不幸の使者として世界をめぐる「黒い風」という、ただひとつの夢幻的なイメージを展開する。

第二の節はひとつの思い出を語っている。本の現在時より二年まえの、戦争中のウクライナで、マラパルテは二列の木立に沿った街道を馬で移動する。そこでは村のユダヤ人たちが磔にされ、死を待っている。マラパルテには、苦しみを短くするために殺してくれと頼む彼らの声が聞こえてくる。

第三の節もまたひとつの思い出を語っている。今度の思い出は、はるか遠い過去の、戦前、マラパルテが流刑になったリパリ諸島に遡る。これは彼の犬フェドの物語である。「かつてわたしは、フェドを愛したようには、ひとりの女、ひとりの兄弟、ひとりの友人も愛したことがなかった」。彼の軟禁の最後の二年間、フェドは彼とともに過ごし、釈放の初日にローマまでついてくる。

第四の節は同じフェドの物語をつづける。ある日、ローマでフェドが姿を消す。必死に捜しまわった結果、マラパルテは犬がある不良によって捕まえられ、医学の実験用に病院に売りはらわれたことを知る。彼は病院で犬が「仰向けになって、腹を開かれ、肝臓にゾンデが突き刺されている」のを見いだす。犬の口からは呻き声ひとつ出てこない。というのも、医者たちは手術をするまえに、すべての犬たちの声帯を切ってしまうからだ。マラパルテにたいする好意から、医者はフェドに致死の注射をほどこしてやる。

第五の節は、本の現在時にもどる。マラパルテはローマに行進するアメリカ軍に同行する。ひとりの兵士が重傷を負い、腹が引き裂かれ、腸が脚に垂れさがっている。軍曹はその兵士を病院まで運んでやることに固執する。マラパルテは激しく反対する。病院は遠いし、ジープでの搬送は長いので、兵士の新たな苦しみの素になるだろう。だから兵士をこのままそっとしておいて、じぶんが死んでいくのも知らずに死なせてやるべきなのだと。やがて、ついに兵士が死んでしまうと、軍曹はマラパルテの顔面に拳骨を食らわせる。「こいつが死んだ、犬みたいに死んだのは、おまえのせいだぞ！」。医者がやってきて兵士の死亡を確認してから、マラパルテの手を握って言う。「わたしは故人の母親に成り代わってあなたに感謝いたします」。

たとえこの五つの節のそれぞれが別々の時間、別々の場所に位置づけられているとしても、いずれも完璧に結びついている。最初の節は「黒い風」という隠喩を展開し、その雰囲気がこの章全体を覆うことになる。第二の節では、同じ風がウクライナの風景を吹き抜ける。第三の節のリパリ諸島にもやはり、風が死の強迫観念として存在し、この強迫観念は目には見えないけれども、「人間たちのまわりを、いつも無口で疑い深そうにうろついている」。というのも、死はこの章のいたるところにあるからだ。死と死にたいする人間の態度、同時に卑怯であり、偽善的であり、無知であり、無力であり、困惑し、無防備な態度が。木立に磔にされたユダヤ人たちは呻いている。声帯を切られたために、解剖台のフェドは無言である。マラパルテはユダヤ人を殺し、彼らの苦しみを短くしてやることができずに、ほとんど気が狂いそうになるが、フェドには死をあたえるだけの勇気を見いだす。安楽死の主題が最後の節でふたたび現れる。マラパルテが致命傷を負った兵士の苦しみを長引かせるのを拒否すると、軍曹が拳骨で彼を懲らしめる。じつに異質なこの章全体は、同じ雰囲気、同じ主題（死、動物、安楽死）によって、また同じ隠喩と同じ言葉によって見事に統一されている（そこにこそ、尽きることのない息吹でわたしたちを連れ去る旋律が由来するのだ）。

6 『皮膚』と小説の現代性

マラパルテの評論集のフランス語版序文の著者は、『カプート』と『皮膚』を「この恐るべき子供の主要な小説」だと形容している。小説？ 本当に？ そう、わたしも賛成だ。たとえわたしには、『皮膚』の形式は大多数の読者が小説と見なしているものとは似ても似つかないと分かっていても。もっとも、このような事例はそう稀というわけではない。誕生のときに、一般に認められていた小説の理念とは似ていなかった偉大な小説がたくさんあるのだ。だから、これはこれでいいのではないか？ ある偉大な小説が偉大なのは、まさしくそれがすでに存在していたものの繰り返しでないからではないのか？ 偉大な小説家たち自身が、じぶんの書いたものの突飛な形式に驚くこともしばしばあったが、彼らはじぶんの本のジャンルについての無益な議論を避けようとしてきた。とはいえ、『皮膚』の場合には、これを読者がルポルタージュとして手に取り、〈歴史〉についての知識を広げようとするのと、ひとつの文学作品として取りあげ、その美とその人間認識によってじぶんを豊かにしようとするのとでは、根本的な違いがある。

さらにこういうこともある。ある芸術作品の価値（独創性、新しさ、魅力）を、その芸術の歴史というコンテクストにおいてみずに捉えることは困難である。だからわたしは、『皮膚』の形式において小説の理念そのものに反するように見えるものすべてが、二十世紀のあいだに前世紀の小説の規範と対立しながら形成された小説美学の新しい風土にも、同時に対応しているのを意味深いことと思う。たとえば、現代のすべての偉大な小説家たちは、小説的な物語、いわゆる「ストーリー」にたいしてやや距離を置いた関係を保ち、「ストーリー」を小説の統一性を保証するのに不可欠な基盤とは見なさなくなっていたのだ。

ところで、『皮膚』の形式において際だっているのは、つぎのようなことである。構成はどんな「ストーリー」、行動の因果的な連鎖にも基づいていない。小説の現在時は（一九四三年十月、アメリカ軍がナポリに到着する）スタートラインと（一九四四年夏、ジミーがアメリカへの最終的な出発のまえにマラパルテに別れを告げる）ゴールラインによって決定されている。このふたつのラインのあいだに、連合軍がナポリからアペニン山脈まで行軍する。この時間のあいだに起こることはすべて、（場所、時間、状況、人物などの）異質性を特徴としている。そしてわたしが強調したいのは、小説史においいて前代未聞のこの異質性によって、構成の統一性が弱められることがいささかもないということだ。同じ息吹が十二の各章を吹き抜け、このために十二の章が同じ雰囲気、同じ主題、同じ人物、同じイメージ、同じ隠喩、同じリフレインから成る唯一の世界をつくりだすのである。

同じ背景。ナポリは小説が開始し、終止する場所であり、その思い出はいたるところに存在している。月はこの本のすべての風景の上方にある。ウクライナでは、月が木立に磔にされたユダヤ人たちを照らしている。浮浪者たちのいる場末のうえに宙づりになった月が「一本のバラのように、庭も空も香しくしていた」。「うっとりしたような、遠方のすばらしい」月がティボリの山々を明るくしている。「巨大で、血に汚れた」月が、死者たちに覆われた戦場をながめている。リフレインに変えられた言葉に、たとえばペストがある。ペストはアメリカ軍と同じ日にナポリに現れる、まるで解放者たちが解放された者たちに贈り物としてもってきてくれたかのように。のちになると、ペストはさながら最悪の伝染病の流行のように広がる大々的な密告の隠喩になる。あるいは冒頭に出てくる旗。王の命令で、イタリア人たちは旗を泥のなかに「英雄的に」投げ捨てるが、やがてじぶんたちの新しい旗としてふたたび高く掲げる。それからまた投げ捨て、今度は冒瀆的な高笑いとともにふたたび掲げる。そして本の終わりごろには、まるで冒頭のその場面にたいする応答のように、ひとつの人体が戦車に轢かれ、ぺちゃんこになり、「旗のように」振りまわされる……。

わたしは反復、変奏、応答として立ち返り、そのような仕方で小説の統一性を創りだす言葉、隠喩、主題を無限に（ad infinitum）引用しつづけることもできるが、しかし意図的に「ストーリー」をつかわないこの構成の、もうひとつの魅力を強調したい。ジャック・ハミルトンが死に、マラパルテはもうこれ以後、じぶんの国で、自国の人びとのあいだにいても、じぶんが永久に孤独を感じることになると知る。ところが、そのジャックの死が別のことを語っている長いパラグラフのたった一行によって知らされるのだ（ただ知らされるというだけで、わたしたちには彼がどこで、どのように死んだのかさえ分からない）。ある「ストーリー」のうえに築かれるどんな小説のなかでも、これほどまで重要な登場人物の死なら、たっぷり描写され、おそらく小説の結末にもなりうるかもしれない。しかし、奇妙なことに、まさにこの簡潔さ、この控え目な慎み、どんな描写もないことのおかげで、ジャックの死は耐えられないくらい感動的になるのである……。

7　心理の後退

多少なりとも安定した社会が、どちらかといえばゆっくりした足取りで進むとき、人間はじぶんを同類たち（なんとも悲しいくらいに互いに似ている同類たち）と区別するために、みずからのちいさな心理的特徴におおきな注意をはらう。この特徴だけが、彼が真似ができないものと願っている個性をあじわう喜びをもたらしてくれるからだ。ところが、第一次世界大戦、あの不条理で途方もない大虐殺が、ヨーロッパにおける新時代――そこでは権威主義的で貪欲な〈歴史〉がひとりの人間のまえに出現し、人間を鷲づかみにする新時代を開始した。以後、人間がまずもって決定されるのは外からだということになるだろう。そこでわたしは強調する。この衝撃がいくら外部からくるものだといっても、これが無意識の深みに隠されている内部の傷以上に、意外でも謎でもなく、人間の反応と行動の仕方に及ぼされるそのすべての帰結をふくめて、理解できないものではないし、また小説家にとって、より魅惑的になるものでもないだろうと。しかも、他でもなく、ただ小説家だけが、この世紀が人間の実生活にもたらしたこの変化を捉えることができるだろう。もちろんそのためには、小説家がこれまで通用してきた小説の形式に違反しなければならないのは当然だが。

『皮膚』の登場人物たちは完璧にリアルなのに、彼らの伝記の記述によってはいささかも個性化されていない。マラパルテの最良の友であるジャック・ハミルトンについて、わたしたちはなにを知っているだろうか？　彼はあるアメリカの大学で教えたことがあり、愛情をこめてヨーロッパを目の当たりにし、ヨーロッパ文化を知り、いまやとうてい同じものと認められないヨーロッパを目の当たりにし、当惑するじぶんを感じている。ただそれだけだ。彼の家族についても、内面生活についても、なんの情報もない。十九世紀の小説家が人物をリアルで「生きている」ようにするのに不可欠と見なしていたものは、なにもないのだ。『皮膚』の登場人物すべてについても同じことが言える（このなかには登場人物としてのマラパルテ自身もふくまれる。彼の個人的で私的な過去については、ただの一言もないのである）。

心理の退却。カフカはそのことを彼の日記のなかで言明している。じっさい、わたしたちはKの心理的な根本について、幼年時代について、両親について、恋愛について、なにを知っているだろうか？　ジャック・ハミルトンの内面の過去についてと同様、ごくわずかでしかないのだ。

8　狂乱する美

十九世紀には、小説のなかで起きることがすべて本当らしくなければならないとは、いわずもがなのことだった。二十世紀になると、カフカからカルペンティエルやガルシア＝マルケスまで、小説家たちはだんだん本当らしくないもののポエジーに敏感になってきた。（カフカの愛読者でなく、カルペンティエルもガルシア＝マルケスも知らなかった）マラパルテもまた、同じ誘惑に屈したのだった。

もう一度さきに引いた場面を思いだしてみよう。夜の帳が下りようとしていたころ、マラパルテが二列の木立の下を馬で通っていると、頭上に言葉が聞こえる。月が昇るにつれ、彼にはそれが磔にされたユダヤ人だと分かる……。これは本当だろうか？　たんなる空想だろうか？　空想であれ、そうでなかれ、これは忘れがたい場面なのである。そこでわたしはアレッホ・カルペンティエルのことを考える。彼は一九二〇年代のパリで想像力への熱狂的な情熱をシュルレアリストたちと共有し、彼らの「驚異的なもの」の征服に参加した。その二十年後、カラカスでさまざまな疑いに捉えられる。かつて彼を魅了したものが、いまでは「詩的なルーチン」「手品師のトリック」のように思えてくる。彼はシュルレアリスムから遠ざかるのだが、それは古いレアリスムにもどるためではなく、現実──およそなにもかも、ありそうにないような様子をしているラテン・アメリカの現実──に根ざした、より真正な、別の「驚異的なもの」を見つけたと思ったからだ。わたしはマラパルテもまた、これと同じようななにかを経験したのだと想像する。彼もまたシュルレアリストたちが好きだった（彼は一九三七年に創刊した雑誌に、エリュアールとアラゴンをみずから翻訳し、発表している）。このことが彼を、先人たちに追従させずに、おそらく「雨傘とミシン」のような奇怪な邂逅にみち、物狂おしくなった現実の暗い美に、ずっと敏感にさせたのだろう。

　しかも、『皮膚』はそのような邂逅からはじまる。「一九四三年十月一日、ナポリの町にペストが発生した。これはちょうど、連合軍が解放者としてこの不幸な町にはいってきたのと同じ日である」。そしてこの本の終わりに近い第九章では、「火の雨」、つまり同じような超現実的な邂逅が、一般化した狂乱の規模にまでなる。聖週間の日々、ドイツ軍がナポリを爆撃し、ひとりの若い娘が殺されて、ある城のテーブルのうえに曝されている。そしてこれと同時に、ヴェズヴィオ山が凄まじい音を立てて、溶岩を噴出しはじめる。これは「[紀元七九年に]ヘルクラネウムとポンペイが灰の墓に生き埋めにされた日以来」かつてなかったことだった。火山の爆発をきっかけに人間と自然の狂気がはじまる。小鳥の大群が聖人たちの小像のまわりの聖なる場所に避難する。女たちが売春宿のドアを打ち破って、裸の娼婦たちの髪を引っぱる。死体が道路を埋めつくし、その顔は「まるで頭の代わりに卵があるみたいに」白い灰の殻に閉じこめられている。それでも自然は猛威をふるうのをやめない……。

この本の別の一節では、ありそうもないことが恐ろしいという以上にグロテスクになる。ナポリのまわりの海は地雷がまきちらされているので、漁業ができない。アメリカの将軍たちが宴会を開くためには、大きな水族館まで魚を捜しにいかねばならない。しかしコーク将軍がアメリカから派遣された重要人物の婦人、ミセス・フラットに敬意を表したいと思ったとき、その供給源はすでに底をついていた。ナポリの水族館に残っていたのはただ一匹の魚だけだった。それは〈セイレン（人魚）〉で、「形態がほとんど人間そっくりなため、古代のセイレン伝説の素になった、あのサイレン属の一種の、とても珍しい見本」だった。人魚がテーブルに置かれると、みんなが仰天した。「まさか、このわたくしに、この……この……この可哀相な娘を食べさせようというんじゃないでしょうね！」と、ミセス・フラットは驚愕して叫ぶ。うろたえた将軍は「このおぞましい物」を取り下げるように命じる。ところが、従軍牧師のブラウン大佐はそれでは納得がいかない。彼はその魚を銀の棺に入れ、担架に乗せて運んでやり、有無を言わせず給仕たちを付き添わせ、キリスト教的な葬式をほどこしてやるのである。

一九四一年のウクライナで、ひとりのユダヤ人が戦車のキャタピラーに押しつぶされ、「人間の皮膚でできた敷物」になった。そのときユダヤ人数人が彼から埃をはらいはじめる。やがて、そのひとりが「鋤の先端で頭のほうを突き刺し、その旗とともに出発する」。この場面は第十章（おまけに「旗」と題されている）で描かれるのだが、この直後にローマのカピトリーノ丘に位置づけられているその変奏がつづく。ある男がアメリカ軍の戦車に向かって歓喜の叫び声をあげる。彼は滑って倒れる。そのうえを一台の戦車が通りすぎる。彼はベッドに安置されるが、残っているものとて「人間の形に切られた一枚の皮膚」「カピトリーノの塔のうえでたなびくにふさわしい、唯一の旗」でしかない。

9　誕生したままの（in statu nascendi）新しいヨーロッパ

第二次世界大戦から脱したままの新しいヨーロッパ、『皮膚』はこれをまったく真正に捉えている。すなわち、あとからのいろんな考察によって修正されていない誕生の瞬間の新しさのため、ヨーロッパをまばゆいばかりに白日の下に曝す眼差しによって捉えているのである。ある現象の本質が明らかになるのはその発生の瞬間だという、ニーチェの考えがわたしの心に浮かんでくる。

新しいヨーロッパは史上類例のない、計り知れぬ敗戦によって誕生した。ヨーロッパ、あるがままの全ヨーロッパが初めて敗北したのである。ナチス・ドイツに悪しく体現されたみずからの狂気によって敗北した。その後、一方はアメリカによって、他方はロシアによって解放された。解放され、占領された。わたしはどんなイロニーもなしにそのように言う。この言葉は、ふたつとも正しいのである。このふたつの言葉の結合にこそ、状況のユニークな性格があるのだ。なるほど、いたるところでドイツ軍と戦ったレジスタンス（パルチザン活動）があったとしても、それは肝心なことをなにひとつ変えはしなかった。ヨーロッパ（大西洋からバルト海諸国までのヨーロッパ）の、どの国も自力で解放できたわけではない（どの国も？　それでも、ユーゴスラヴィアがある。これはたしかに自国のパルチザンの武力によって解放された。だからこそ、一九九九年の何週間ものあいだ、セルビアの町々が長々と爆撃されねばならなかったのだ。それは事後的に〈a posteriori〉、ヨーロッパのこの部分にさえ敗者の烙印を押しつけるためだったのである）。

解放者たちがヨーロッパを占領すると、一挙に変化が明白になった。つい昨日までは、まだ（ごく当然のように、いたって無邪気にも）じぶんたちの歴史、文化が全世界のモデルになりうると見なしていたヨーロッパは、みずからの矮小さを実感した。溌剌としたアメリカが、どこでものさばっていた。ヨーロッパは、まずこのアメリカとの関係を再考し、再編しなければならなかった。マラパルテはヨーロッパの政治的未来を予言するなどといった自惚れをもたずに、そのことを見てとり、描いてみせた。彼の心を惹いたのは、以後ますます強烈になっていくアメリカの存在によって決定されることになる、ヨーロッパの新しい存在の仕方、ヨーロッパの新しい自覚の仕方だった。『皮膚』において、この新しい存在の仕方は当時イタリアにいたアメリカ人たちの、短く簡潔で、しばしば面白い肖像画のギャラリーから生じてくる。

多くの場合、意地悪で、また共感にもみちたこれらのクロッキーには、肯定的なものであれ、否定的なものであれ、いかなる偏見もない。たとえば、ミセス・フラットの傲慢な馬鹿さ加減、従軍牧師ブラウンの親切な愚行、社交界の大舞踏会を開くというのに、ナポリの名家の婦人のひとりとでも特別な関係をもたずに、いきなりクロークの美しい娘のほうにつかつかと向かっていくコーク将軍の愛すべき単純さ、親しげにひとをたらし込むジミーの卑俗さ。そして、もちろん真の友、愛される友のジャック・ハミルトン……。

アメリカはそれまでどんな戦争にも負けたことがなく、また信仰をもっている国だったから、その市民はこれら数々の勝利のうちに、じぶん自身の政治的かつ精神的な信念を確認してくれる神の意志を見ていた。疲弊して懐疑的になり、敗北し自責の念に駆られたヨーロッパ人は、アメリカ兵の歯の白さ、「どんなアメリカ人でも、微笑みながら墓穴に降りるときに、最後の挨拶として、生者の世界に捨てていく」あの貞潔な白さに、易々と眩惑されてしまったのである。

10　戦場に変えられた記憶

解放されたばかりのフィレンツェのある教会の大階段のうえで、共産主義のパルチザンの一群が、若い（とても若いとさえ言える）ファシストたちを、ひとりひとり処刑している最中だ。これはヨーロッパの人間の歴史における根本的な転機を予告する場面である。すなわち、勝者が諸国家の最終的かつ不可侵の国境を定めてしまったので、ヨーロッパの諸国民同士の殺戮はもう起こらなくなるということだ。「戦争が死んだいま、開始されるのはイタリア人同士の虐殺だった」。憎悪は諸国民の内側に引きこもる。しかし、そこでさえも戦闘は本質を変えてしまう。つまり、闘争の目的はもはや未来、つぎの政治体制ではなく（未来がどのような様子になるかは、勝者がすでに決めている）、過去になるのだ。新しいヨーロッパの戦闘が起こるのは、記憶の戦場のうえでしかなくなるのである。

『皮膚』のなかで、アメリカ軍がすでに北イタリアを占領しているとき、パルチザンたちが心安らかにひとりの密告者の同国人を殺す。彼らはその死体を牧場に埋め、まだ靴を履いたままの足を乗せ、墓碑の代わりに、大地のうえにすっくと立ってみせる。それを見たマラパルテが抗議するが、無駄に終わる。彼らは未来への警告のために、この体制協力者が笑いの種として残ることを大いに喜んでいたのだ。そして、こんにちわたしたちは知っている。ヨーロッパが敗戦から遠ざかるにつれ、ますます過去の犯罪を忘れがたくすることを道徳的な義務だと声高に叫ぶようになったのを。そして時間が経過するにつれ、法廷はますます高齢者を罰するようになり、多数の密告者たちが忘却の藪に侵入し、その結果、戦場は墓場にまで拡大することになった。

『皮膚』において、マラパルテはアメリカ軍の飛行機がリン入りの爆弾を落としたハンブルクの町を描写している。じぶんたちを呑みこむ火を消そうと、住民たちは町を横切る運河に身を投げた。しかし、火は水のなかで消えても、空中ではただちに掻きたてられる。そのため、人びとはたえず頭を沈め、上げてはまた沈め直さねばならなかった。こんな状況が何日もつづき、「何百万もの頭が水面に現れ、目を左右に動かし、口を開き、話していた」。

これもまた、戦争の現実が本当らしさを超えてしまう場面だ。だからわたしは思う。なぜ記憶の指導者たちがこんな恐怖（こんな恐怖の暗いポエジー）を神聖な思い出にしなかったのかと。記憶の戦争はただ敗者たちのあいだだけに猛威をふるうのであり、勝者は遠くにいて、咎めることなどできないのである。

11　後景としての永遠性——動物、時間、死者

「かつてわたしは、フェドを愛したようには、ひとりの女、ひとりの兄弟、ひとりの友人も愛したことがなかった」。これだけの人間の苦しみの只中で、この犬の話はたんなるエピソード、ドラマの中間の幕間であるどころではない。〈歴史〉においてアメリカ軍のナポリ入城はほんの一瞬にすぎないが、太古の昔から動物たちは人間と生活を共にしている。人間は隣人にたいすると、あるがままのじぶんでいることはけっしてできない。一方の力が他方の自由を限定するからだ。動物にたいしては、人間はあるがままのじぶんでいられる。残酷に扱っても構わない。人間と動物の関係は人間の実存の永遠の後景、人間の実存から離れない鏡（恐ろしい鏡）なのである。

『皮膚』の筋立ての時間は短いが、ここには人間のかぎりなく長い歴史がつねに見られる。あらゆる軍隊のうちでもっとも現代的なアメリカ軍がヨーロッパにはいったのは、ナポリという古代の都市からである。超現代的な戦争の残酷さが、もっとも古めかしい残酷さの後景のまえで演じられるのだ。じつに根本的に変わった世界が同時に、悲しくも変わりえないもの、変わりなく人間的なものを見せてくれるのである。

そして死者たち。平和な年月には、死者たちはごく控え目にしかわたしたちの生活にはいってこない。『皮膚』が語っている時代においては、死者たちは控え目ではない。

彼らは結集し、いたるところにいる。葬儀屋には彼らを運ぶ車がなく、死者たちはアパルトマンのなか、ベッドのうえに残されている。彼らは腐り、悪臭を放ち、厄介者になる。死者たちは会話、記憶、睡眠にも押しよせてくる。「これらの死者たち、わたしは彼らを憎んでいた。生きているすべての人間たちの共同の祖国では、彼らは異国人、唯一の、本当の異国人だった……」。

終わりつつある戦時は、根底的であるとともに平凡な、忘却されるがまた永遠の真実を教えてくれる。永遠の真実とは、生者にたいして、死者は圧倒的な数的優位にあるという真実である。これはただ戦争末の死者だけのことではない。あらゆる時代のあらゆる死者たち、過去の死者たち、未来の死者たちのことでもある。みずからの優位を確信した死者たちは、わたしたちが生きているこの時間の小島のことを、新しいヨーロッパのこの微少な時間のことを嘲笑い、その無意味さ、その移ろいやすさをそっくりわたしたちに教えてくれるのである……。

訳注

第一部　画家の乱暴な手つき――フランシス・ベーコンについて

（1）アイルランド生まれのイギリスの画家（一九〇九―九二年）。ちなみに、訳者は著者の書斎の壁にベーコンの絵が一枚飾られているのを見たことがある。

（2）著者は一九六八年のいわゆる〈プラハの春〉を支持したため、六九年以降の「正常化」時代に全著作が発禁処分になり、チェコ当局の監視をうける「危険人物」になった。そのため、結局七五年にフランスに亡命することになる。なお、以下に語られるのは『笑いと忘却の書』（拙訳、集英社、七九年）第三部「天使たち」に出てくるエピソード。

（3）アイルランド生まれの劇作家・小説家（一九〇六―八九年）。『ゴドーを待ちながら』（五二年）など。なおベケットの師ともいえるのが同じアイルランドの出身で『ユリシーズ』（二二年）の作者、ジェイムズ・ジョイス（一八八二―一九四一年）。

（4）ロシアの小説家（一八七一―一九一九年）。『血笑記』（〇四年）など。

（5）ルーマニア生まれのフランスの劇作家（一九〇九―九四年）。『犀』（六〇年）のほか、『授業』（五一年）など。

（6）一―四世紀に起こった宗教的思想運動で、徹底した霊肉二元論に立ち、人間はみずからの神性の自覚的認識をとおして物質的な桎梏から救済されると説く。

第二部　実存の探査器としての小説

死と虚飾（ルイ＝フェルディナン・セリーヌ『城から城』）

（1）　フランスの作家（一八九四―一九六一年）。小説『夜の果てへの旅』（三二年）で有名になったが、第二次世界大戦中の激烈な反ユダヤ主義的・対独協力的な言動がたたって、戦後はデンマークに亡命を強いられ、五一年の特赦でフランスに帰国、パリ郊外のムードンで細々と医業を営みながら小説を書いた。死後、その文学的な価値が再評価され、こんにちでは二十世紀を代表する小説家のひとりと目されている。なお、著者はこの作家の重要性をつとに理解し、チェコで出版される自作の印税をセリーヌ作品のチェコ語の翻訳・出版のために寄付しているという。

加速する歴史のなかの愛（フィリップ・ロス『欲望学教授』）

（1）　アメリカの作家（一九三三―二〇一八年）。代表作に『乳房になった男』（七二年）など。なお、彼は著者の長年の親友であり、評論集にクンデラとの対談を収めたりもしている。

（2）　カレーニン、アンナ、ヴロンスキーはいずれもトルストイの小説『アンナ・カレーニナ』（執筆一八七五―七七年）の登場人物。なお、『アンナ・カレーニナ』について、著者は前作『カーテン――7部構成の小説論』（拙訳、集英社、二〇〇五年）第Ⅰ部「継続性の意識」および第Ⅶ部「小説、記憶、忘却」で立ち入った検討をおこなっている。

人生の年齢という秘密（グドベルグー・ベルグッソン『白鳥の翼』）

（1）一九三二年アイスランド生まれの作家。その『白鳥の翼』が一九九六年に仏訳され、著者が寄せた序文がこのテクストの元になっている。

（2）『エッダ』とならんでアイスランドに残された古アイスランド語による散文の物語。サガとは「語られたもの」の意。

恐怖の娘としての牧歌（マレック・ビエンチーク『トウォルキ』）

（1）一九五六年生まれのポーランドの作家。クンデラの翻訳者でもある。この小説は二〇〇六年に仏訳され、その序文として書かれたのがこのテクスト。

（2）一九四四年八月、ナチス・ドイツの占領およびポーランド国内軍がおこした武装蜂起のこと。この結果ワルシャワはほとんど廃墟と化した。ポランスキーの映画「戦場のピアニスト」はこの時代を舞台にしている。

思い出の崩壊（フアン・ゴイティソーロ『そして幕がおりるとき』）

（1）一九三一年生まれのスペインの作家（二〇一七年没）だが、フランスで生活し執筆活動をおこなっていた。代表作に『戦いのあとの風景』（八二年）など。

（2）スペインの将軍・政治家（一八九二―一九七五年）。スペイン市民戦争を鎮圧し、独裁政治をつづけた（一九三九―七五年）。ゴイティソーロはまさに彼の独裁制を嫌ってフランスに亡命した。

小説と生殖（ガブリエル・ガルシア゠マルケス『百年の孤独』）

（1）コロンビアの作家ガルシア゠マルケス（一九二八―二〇一四年）の『百年の孤独』は一九六七年刊行。なお、著者は一九七〇年代からガルシア゠マルケスと親交があった。

（2）フランスの作家ラブレー（一四九四？―一五五三年？）作『ガルガンチュワ゠パンタグリュエル物語』の登場人物。ラブレーに関しては後出の対談を見られたい。

（3）イギリスの作家フィールディング（一七〇七―五四年）の代表作『トム・ジョーンズ』（四九年）の主人公。なお、著者は前掲書『カーテン』第Ⅰ部「継続性の意識」でこの作品に立ち入って論じている。

（4）オーストリアの作家ムージル（一八八〇―一九四二年）の代表作『特性のない男』（三〇―三三年）の登場人物たち。なお、著者は前掲書『カーテン』第Ⅱ部「世界文学」および第Ⅴ部「美学と実存」などでムージルのこの小説のことを詳述している。

（5）チェコの作家ハシェク（一八八三―一九二三年）の代表作『兵士シュヴェイクの冒険』（一九二一―二三年）の主人公。

（6）チェコのユダヤ系ドイツ語作家カフカ（一八八三―一九二四年）作『アメリカ』（二七年）の主人公。

第三部　ブラックリストあるいはアナトール・フランスに捧げるディヴェルティメント

（1）フランスの作曲家（一八三五―一九二一年）。『サムソンとデリラ』（一八七七年初演）など。
（2）ロシア生まれの作曲家（一八八二―一九七一年）。フランス、イギリス、アメリカで音楽活動をおこなう。『火の鳥』（一〇年）『春の祭典』（改訂版四七年）など。
（3）フランスのいわゆる新批評の旗手（一九一五―八〇年）。『零度のエクリチュール』（五三年）『神話作用』（改訂版七〇年）など。
（4）スイスのプロテスタント神学者（一八八六―一九六八年）。『ローマ書』（一九年）『教会教義学』（三二―六七年）など。なお、「否定神学」とは「神は……でない」という仕方で、いわば負の側面から神を知ろうとする神学。
（5）フランスの作曲家（一八九二―一九七四年）。『プロヴァンス組曲』（三六年）など。
（6）第一次世界大戦後パリで結成された作曲家集団。ミヨーの他に、オネゲル、プーランク、オーリック、デュレ、タイユフェールがいた。
（7）ドイツの哲学者・社会学者（一九〇三―六九年）。『新音楽の哲学』（四九年）など。
（8）オーストリアの作曲家（一八七四―一九五一年）。いわゆる「十二音技法」の創設者。『浄夜』（一七年、改訂版四三年）など。
（9）ルーマニア生まれのフランス語作家（一九一一―九五年）。『歴史とユートピア』（六〇年）など。なお、シオランについては前掲書『カーテン』第Ⅵ部「引き裂かれたカーテン」で詳述されている。

(10) フランスの小説家・批評家（一八四四―一九二四年）。本名アナトール・フランソワ・チボー。二一年ノーベル賞受賞。二四年十月国葬。ここで話題にされる『神々は渇く』は一九一二年作。また『鳥料理レーヌ・ペドーク亭』は一八九三年作。

(11) 後出のアラゴン（一八九七―一九八二年）、ブルトン（一八九六―一九六六年）、エリュアール（一八九五―一九五二年）、スーポー（一八九七―一九九〇年）らのシュルレアリスム詩人たちのこと。

(12) フランスの詩人・思想家（一八七一―一九四五年）。ここで問題にされている演説は一九二七年六月二十三日のもの。『若きパルク』（一七年）『海辺の墓地』（二二年）など。

(13) 旧ソ連時代の一九三五年、炭坑夫スタハーノフの驚異的な採掘記録を範とした生産性向上運動。

(14) これだけでは具体的な細部が分からないと思われるので、原書である軍医が言っていることを引いておく。「あの女の骨の大部分は二重になっていることに気づいたのです。太腿《ふともも》のおのおのには二つの大腿骨が、肩のおのおのには二つの上膊骨が、一緒に接合されています。あの女は筋肉も二重になっています。あの女は［……］一緒に溶接された双生児なのです」（大塚幸男訳）。

(15) クンデラの美学のキーワード。もともと「俗悪なもの」「悪趣味」「紛い物」などを意味するドイツ語だが、『存在の耐えられない軽さ』第六部（八四年。拙訳、河出書房新社、二〇〇八年）ではキッチュとは「存在との無条件の一致」であって、「本質的に糞の否定であり、［……］人間生活の本質的に許容できないものをすべて視野から排除する」虚偽の感情・行動のことだが、本書でいえば、セリーヌが「人間の末期を損なうもの、それは虚飾だ」と言っているその「虚飾」にあたる。

（16）一九六八年仏訳『冗談』に寄せたアラゴンの有名な序文は、クンデラの名前がフランスで知られるのに決定的な役割を果たした。

第四部　完全な相続への夢

ラブレーとミューズ嫌いについての対話

（1）一九四六年生まれのフランスの批評家。著者の親しい友人で、いくつかのクンデラ論を発表している。この対談は書かれたもので、最初は雑誌《ゲームの規則》誌（九三年）に発表されたテクストを元にしている。

（2）ジッドはフランスの作家（一八六九―一九五一年）。代表作に『狭き門』（〇九年）『田園交響曲』（一九年）など。またフロマンタンは十九世紀フランスの作家（一八二〇―七六年）。代表作に『ドミニック』（六三年）など。

（3）イタリアの作家（一八九三―一九七三年）。代表作に『メルラーナ街の恐るべき混乱』（五七年）など。

（4）ダニロ・キシュ（一九三五―八九年）はユーゴスラヴィア（セルビア）の作家。代表作に『庭、灰』（六五年）など。またカルロス・フエンテスはメキシコの作家（一九二八―

二〇一二年)。代表作に『テラ・ノストラ』(七五年)『老いぼれグリンゴ』(八五年)。なお、両者についてはそれぞれ後出のエッセーを参照されたい。

(5) 著者のラブレー論は『裏切られた遺言』(拙訳、集英社、九四年)第Ⅰ部「パニュルジュがひとを笑わせなくなる日」および前掲書『カーテン』第Ⅴ部の「美学と実存」にも見られる。

(6) 一六一八年から四八年の三十年間におこなわれた戦争。オーストリア・ハンガリー帝国皇帝の旧教化政策を起因としてボヘミアで勃発。

(7) チェコの作家(一八九一―一九四二年)。代表作に『パン焼きヤン・マルホウル』(二四年)など。なお著者はチェコ時代の一九六〇年に『小説という芸術』でこの作家を「チェコのモダニズム小説の偉大な小説家」として論じたことがある。

(8) ポーランド生まれの亡命作家(一九〇四―六九年)。代表作に『フェルディドゥルケ』(三七年)など。ゴンブローヴィチは著者がもっとも敬愛する小説家のひとりで、前掲書『カーテン』第Ⅲ部「事物の魂に向かうこと」でくわしく論じている。

(9) ソ連の文芸学者(一八九五―一九七五年)。代表作に『フランソワ・ラブレーの作品と中世・ルネサンスの民衆文化』(六五年)など。

(10) インド生まれのイギリスの作家(一九四七年―)。代表作に『悪魔の詩』(八八年)など。なお著者は前掲書『裏切られた遺言』第Ⅰ部「パニュルジュがひとを笑わせなくなる日」でこの作家をラブレーと結びつけて擁護している。

(11) フランスの作家フロベール(一八二一―八〇年)の未完の遺作として一八八一年に刊行。

原-小説、カルロス・フエンテスの誕生日のための公開状

（1）社会主義と自由との一致をめざして一九六八年におこったいわゆる〈プラハの春〉の運動は、同年八月二十日、当時のソ連が先導するワルシャワ条約機構軍によって軍事的に粉砕され、その後ソ連の傀儡フサークによる「正常化」路線によって、多くの市民、作家、知識人らが弾圧された。この時期の社会・政治的な状況については著者の小説『笑いと忘却の書』および『存在の耐えられない軽さ』を参照されたい。

（2）アルゼンチンの作家（一九一四―八四年）。代表作に『石蹴り遊び』（六三年）など。

（3）このふたりの「邂逅」のことは『カーテン』第Ⅲ部「事物の魂に向かうこと」でも語られている。

（4）ヘルマン・ブロッホはオーストリアの作家（一八八六―一九五一年）。ナチスのユダヤ人迫害のせいでアメリカに亡命。なお、この作家について著者は最初の評論『小説の技法』（拙訳、岩波文庫、二〇一六年）の第三部「『夢遊の人々』に触発された覚え書き」以来、『裏切られた遺言』及び『カーテン』などでも必ず論究している。

（5）ルルフォはメキシコの作家（一九一八―八六年）。カルペンティエルはキューバの作家（一九〇四―八〇年）。サバトはアルゼンチンの作家（一九一一―二〇一一年）。

（6）ドイツ生まれのアメリカのユダヤ系思想家（一九〇六―七五年）。『全体主義の起原』などで著名だが、またアメリカに亡命したブロッホを高く評価し、その英訳などに尽力した。

相続の全面的な拒否、あるいはヤニス・クセナキス

（1）ルーマニア生まれのギリシャの作曲家（一九二二―二〇〇一年）。

(2) フランス生まれのアメリカの作曲家（一八八三―一九六五年）。
(3)「チェコ近代音楽の父」と呼ばれる作曲家（一八二四―八四年）。『わが祖国』（七四―八四年）など。
(4) スイスの精神病医・心理学者（一八七五―一九六一年）。
(5) 一九七二年生まれのオーストリアの作家。『夜の仕事』は二〇〇六年刊行。
(6) フランスの作曲家（一九〇八―九二年）。代表作に『トゥランガリラ交響曲』（四八年）など。

第五部　多様な邂逅のように美しく

(1) 一九四〇年から四四年までフランスはナチス・ドイツに占領され、ペタン元帥を首班とする対独協力ヴィシー政府が支配し、ブルトンのほか多くの作家・芸術家がイギリスやアメリカに亡命した。なお、著者は前著『カーテン』第Ⅶ部「小説、記憶、忘却」でマルティニック文学・絵画のことを初めて語っている。
(2) フランス領マルティニックの詩人・政治家（一九一三―二〇〇八年）。
(3) アレクシはハイチの作家（一九二二―六一年）。代表作に『まばたきの空間』（五九年）など。ドゥペストルは一九二六年ハイチ生まれの亡命作家。代表作に『私のすべての夢の中のハドリアナ』（八八年）など。
(4) 一九五七年クーデターで成立したデュヴァリエ軍事独裁政権は「反共」政策をとり、共産党を徹底的に弾圧した。

(5) 一九三二年西インド諸島トリニダード生まれのインド系イギリス人作家(二〇一八年没)。代表作に小説『自由の国で』(七一年)、評論『インド・闇の領域』(六四年)など。

(6) 一九四五年マルティニック生まれの画家。著者の親友で、彼の絵の一枚が著者の家のサロンにチェコ・シュルレアリスム画家たちの作品と並んで飾られている。

(7) フランスの政治家(一八〇四—九三年)。一八四八年に植民地における奴隷制廃止を実現。

(8) 一九五三年生まれのマルティニックの小説家。代表作にゴンクール賞を得た『テキサコ』(九二年)など。ここで論じられている『素晴らしきソリボ』は関口涼子、パトリック・オノレ共訳でその後出版された(河出書房新社、二〇一五年)。

(9) 一九三〇年アルゼンチン生まれのフランス語作家(二〇一二年没)。八一年にフランスに帰化し、九七年にアカデミー・フランセーズの会員に選出される。代表作に『夜が昼に語ること』(拙訳、サンマーク出版、九二年)など。

(10) フランスのシュルレアリストたちが考案した実験的書法。理性や意志の働きによらず、思い浮かぶままに思考やイメージを自動的に記述する。

第六部　彼方

ヴェラ・リンハルトヴァーによる解放としての亡命

（1）この作家の経歴は本文で述べられている通りで、フランス語で書かれた最新作『私の牢獄』（一九九六年）のほか、フランス亡命以後、日本学の専門家となり、『日本におけるダダとシュルレアリスム』（八七年）という大著も著している。

ひとりの異国人の触れがたい孤独（オスカール・ミウォシュ）

（1）当時ポーランドの領地だったリトアニア生まれのフランス語詩人・外交官（一八七七―一九三九年）。詩集『シンフォニー』の執筆は一九一三年から一四年のあいだになされた。ちなみに一九八〇年にノーベル文学賞を受賞したポーランドの詩人チェスワフ・ミウォシュ（一九一一―二〇〇四年）は彼の従弟。また、このテクストは二〇〇八年イタリア語訳ミウォシュ詩集に寄せた序文を元にしている。

（2）ネズヴァルはチェコのシュルレアリスム詩人（一九〇〇―五八年）。デスノスはフランスのシュルレアリスム詩人（一九〇〇―四五年）。

反感と友情

（1）チェコの作家（一九一四―九七年）。代表作に『わたしは英国王に給仕した』（七一年）『あまりにも騒がしい孤独』（七六年）など。

（2）前掲書『小説の技法』第一章「評判の悪いセルバンテスの遺産」のこと。
（3）フランスの政治家（一九一六―九六年）。第五共和制四代目の大統領（在位八一―九五年）。なお、ミッテランは就任後最初に、当時無国籍状態だったクンデラにフランスの市民権をあたえた。
（4）キューバ生まれの画家（一九〇二―八二年）。ちなみに、著者の自宅のサロンにはこの画家に描いてもらった絵が一枚飾られている。
（5）別名「モスクワ裁判」とも言われ、スターリンがソ連時代の一九三六年から三八年にかけておこなった公開裁判。これが戦後チェコを含むいわゆるソ連の「衛星国」でも五〇年代におこなわれた。
（6）ハイデガーはもちろん名高いドイツの哲学者（一八八九―一九七六年）。ルネ・シャールはフランスの詩人（一九〇七―八八年）。シャールとハイデガーは一九五五年にパリで初めて出会い、その後六六年、六八年、六九年にハイデガーを南フランスのル・トールに招き、セミナーを開催した。問題の写真はこのときのもの。なお、シャールとハイデガーの対話・友情の詳細は拙著『激情と神秘――ルネ・シャールの詩と思想』（岩波書店、二〇〇六年）第Ⅲ部「至高の対話」を参照されたい。

ふたつの偉大な春とシュクヴォレツキー夫妻について

（1）チェコ生まれのカナダの作家（一九二四―二〇一二年）。一九六八年のソ連軍事介入後カナダのトロントに亡命。作家活動をつづけ、本文でも触れられている68 publishers を設立。九〇年に隠退生活にはいる。一時期、クンデラのチェコ語の作品も少部数ここで出版されていた。妻のズデナも作家で翻訳家、映画制作も手がけている。
(2) ドイツの劇作家ブレヒト(一八九八―一九五六年)は『三文オペラ』(二八年)などで有名だが、晩年チェコの小説家ハシェクの小説『兵士シュヴェイクの冒険』(二一―二三年)を下敷きにして『第二次大戦のシュヴェイク』(五七年出版)を脚色した。
(3) チェコの政治家(一九二一―九二年)。一九六八年から六九年までチェコスロヴァキア共産党第一書記を務めたのち失脚。八九年のいわゆる〈ビロード革命〉で復権、連邦議会議長を務める。

第七部 わたしの初恋

片足の大走行
(1) 著者にとってヤナーチェクの高弟だった父の存在はかけがえのないものだったらしく、前作『カーテン』もこのピアニストの思い出から書き出されている。なお、著者の父親の痛ましい死については『笑いと忘却の書』第六部に感動的に描かれている。
(2) 一九四八年生まれのフランスのピアニスト。
(3) チェコの音楽学者(一八八六―一九四五年)。
(4) 英、仏、独の三国が会談し、ナチス・ドイツに「宥和政策」がとられ、チェコがドイツに売り渡されることになった。
(5) ユダヤ系ドイツの作家(一八八四―一九六八年)。親友カフカの遺稿を故人の遺志に反して出版したことで有名。また、彼はヤナーチェクの音楽を世に知らしめるのにも貢献した。

（6）一八三〇年ユゴーの劇作『エルナニ』の初演のさい、古典派とロマン派のあいだに「エルナニ」合戦という騒ぎがあり、この戦いで新しい美学であるロマン派が勝利した。

（7）アルバン・ベルクはオーストリアの作曲家（一八八五—一九三五年）で『ヴォツェック』は二二年に完成、初演は二五年にベルリン国立歌劇場でおこなわれた。

（8）オーストリアの指揮者（一九二五—二〇一〇年）。七八年にヤナーチェク・メダルをうける。

（9）一九二五年生まれの、フランス二十世紀後半の音楽界を代表する作曲家・指揮者（二〇一六年没）。

もっともノスタルジックなオペラ

（1）一九二三年生まれのフランスの批評家・思想家（二〇一五年没）。著者は『裏切られた遺言』第Ⅷ部のやはりヤナーチェクを論じたテクストで「ヤナーチェクは［……］ロマン派にたいして感情を語りすぎたことを非難したのではなく、感情を偽造したことを、感情の直接的な真実を感傷的な身振りに代えてしまったことを非難したのである（ルネ・ジラールなら《ロマン主義の嘘》と言うかもしれない）」と書き、注で「彼の書物『ロマン主義の嘘と小説の真実』（邦訳『欲望の現象学』、古田幸男訳、法政大学出版局）は、小説芸術について私がかつて読みえた最良のものだ」と付けくわえている。ジラールは自己中心的な「ロマン主義の嘘」を認識し、これを断念するのが「小説の真実」だという。なお、クンデラとジラールの関連については拙著『〈個人〉の行方——ルネ・ジラールと現代社会』(大修館書店、二〇〇二年)第四章「反時代的な考察——ルネ・ジラールとミラン・クンデラ」を参照されたい。

第八部　シェーンベルクの忘却

(1)ハースはチェコの作曲家(一八九九—一九四四年)。クラーサもチェコの作曲家(一八九九—一九四四年)。クラインもまたチェコの作曲家(一九一九—四五年)。アンチェルはチェコの音楽家・指揮者(一九〇八—七三年)。日本にも度々訪問して指揮した。
(2)ツェムリンスキーはオーストリアの作曲家(一八七一—一九四二年)。ハーバはチェコの作曲家(一八九三—一九七三年)。

第九部　原-小説『皮膚』

(1)イタリアの作家(一八九八—一九五七年)。詳細は本文に書いてある通り。なお、彼が建てたカプリ島の別荘はゴダールの映画『軽蔑』の舞台になったことなどでも有名。
(2)イタリアの政治家(一八〇七—八二年)。義勇軍を組織しイタリア統一運動に活躍した。

ミラン・クンデラの作品――訳者ノート

1．今年（二〇一一年）三月下旬から四月上旬にかけて、フランスの新聞、週刊誌などがクンデラのことを盛んにとりあげた。彼の作品が、名高く権威あるガリマール書店のプレイヤード叢書全二巻にまとめられて公刊されたからである。ノーベル賞を拒否したサルトルでさえ、この「プレイヤード入り」についてだけは大いに喜んだと伝えられているが、クンデラはこんにち現存する唯一のプレイヤード作家であり、しかもジュリアン・グリーン、ウージェーヌ・イヨネスコにつづいて三人目の非フランス人のフランス語表現作家でもある。ただ、グリーンにしてもイヨネスコにしても年少のころからバイリンガルであったのにたいして、クンデラの場合は評論・演劇作品を除けば、チェコ語で書かれた全小説を「原語と同じ真正な価値をもつフランス語」に変える作業に一九八〇年代後半の数年を費やし、ようやく六十代も後半になってフランス語で初めて小説を書くという経緯があっただけに、おそらく感慨もひとしおだったことだろう。ただ今年九月に本人に会ったときには「まるで生きながらにして埋葬されたみたいだ」と照れていたが。

本書『出会い』は一九二九年生まれのミラン・クンデラがちょうど八十歳を迎えようとしていた二〇〇九年三月にガリマール書店から出版された《Une rencontre》(Gallimard, mars 2009) を底本にしているが、翻訳に際しては、もちろんフランソワ・リカール編集による新しいプレイヤード版も参照した。なお、文中［〇〇〇］の部分は訳者による補足である。ともかく、これでクンデラがじぶんの「作品」として認め、プレイヤード叢書に収めた全作品が日本語でも読めることになった。

2. そこで、邦訳され、現在でも入手可能な本のリストを以下に掲げておくことにする。なお、順番はプレイヤード版のものに従っている。

小説

一、『可笑しい愛』(西永良成訳、集英社文庫、二〇〇三年)
二、『冗談』(西永良成訳、岩波文庫、二〇一四年)
三、『生は彼方に』(西永良成訳、ハヤカワ epi 文庫、二〇〇一年)
四、『別れのワルツ』(西永良成訳、集英社文庫、二〇一三年)
五、『笑いと忘却の書』(西永良成訳、集英社文庫、二〇一三年)
六、『存在の耐えられない軽さ』(西永良成訳、河出書房新社、池澤夏樹＝個人編集

世界文学全集第Ⅰ集第三巻、二〇〇八年）。なお、同書のチェコ語からの翻訳もある（千野栄一訳、集英社文庫、一九九八年）
七、『不滅』（菅野昭正訳、集英社、一九九二年）
八、『緩やかさ』（西永良成訳、集英社、一九九五年）
九、『ほんとうの私』（西永良成訳、集英社、一九九七年）
十、『無知』（西永良成訳、集英社、二〇〇一年）
十一、『無意味の祝祭』（西永良成訳、河出書房新社、二〇一五年）

戯曲
『ジャックとその主人』（近藤真理訳、みすず書房、一九九六年）

評論・エッセー
一、『小説の技法』（西永良成訳、岩波文庫、二〇一六年）
二、『裏切られた遺言』（西永良成訳、集英社、一九九四年）
三、『カーテン――7部構成の小説論』（西永良成訳、集英社、二〇〇五年）
四、『出会い』（本書、単行本時）

3．本書が出版されたとき、訳者は職務の関係でパリに住んでいたので、ときどきクンデラ夫妻と食事をし、雑談する機会に恵まれた。むろん、出版前後に本書が話題になったことは言うまでもない。本書は初版二十万部がたちまち売り切れ、その後数ヶ月各誌のベスト・セラー欄でベスト・スリーの地位を保っていた。当然ながら、書評もマルク・フュマロリが《ル・モンド》紙で、「ポスト・モダンの野蛮と無感動に逆らうモダニズムの最後の擁護者」として作者を称え、アラン・フィンケルクロートが《ル・ヌーヴェル・オプセルヴァトゥール》誌で、「形而上的な懐疑主義と芸術としての芸術の非妥協的な擁護とを結びつけ」る「控え目で詩的」な本書は「世界の解明という同じ願望をめぐる伝統と新しい美学の邂逅」だと評するなど、おおむね好評だった。

ここで簡単に補足しておけば、小説をふくむ（あるいは小説を書くことで確信した）モダン・アートへの揺るぎなく、粘り強い擁護のためのエッセー集である本書は九部に分かれ、比較的長文の奇数の部と短い章を複数まとめた偶数の部が、交互に展開する構成になっている。奇数の部はベーコン（第一部）、アナトール・フランス（第三部）、クレオール作家・画家たち（第五部）、ヤナーチェク（第七部）、マラパルテ（第九部）など、彼の「愛の対象」のひとり（ひとつ）を取りあげ、その「邂逅」の経緯と意義を語っている。また、偶数の部はそれぞれ内容を要約する表題をもち、第二部「実存の探査器としての小説」は最初の二章が歴史的作家、あとの五章が作者の同時代作家たちによって初めて明かされた「実存の未知の部分あるいは謎」の指摘を、第四部「完全な相続への夢」は三人の小説家、二人の音楽家とそれぞれの芸術の伝統との関係の検討を、第六部「彼方」の各章は「亡命文学」もしくは「越境文学」の六つのケースの考察を、第八部「シェーンベルクの忘却」の三章はポスト・モダン社会における芸術的モダニズムの忘却への嘆き、怒りを述べている。そして奇数部、偶数部を問わず、九部全体に一貫しているのは「反現代的なモダニスト」としてのふたつの原則――一．芸術作品はただその芸術にしか言えない「実存の未知の側面」の発見を含むべきであり、二．作品内容にふさわしいなにか新しい形式をそれぞれの芸術史にもたらすべきだという原則――、あるいは芸術家としての「モラル」の確認だと言えるだろう。

4．末筆になってまことに恐縮ながら、本書の翻訳について特別の配慮をしてくれたミラン、ヴェラ・クンデラ夫妻、並びに「出版不況」と言われて久しく、あまつさえ未曾有の天災・人災に見舞われるという困難な状況のなかで、このような地味で反時代な本を出版するのに、ひとかたならぬ尽力をしていただいた木村由美子さん、ならびに編集作業でお世話になった朝田明子さんをはじめとする、河出書房新社の関係者の方々に厚くお礼を申し上げたい。

二〇一一年十一月　　訳者

文庫版のための追記

二〇〇九年三月にガリマール社から刊行された Milan Kundera: *Une rencontre* が『出会い』の表題で二〇一二年一月に河出書房新社から刊行された。ここ数年、この版が入手困難になっていたところ、この度幸いにも河出文庫の一冊として蘇ることになった。

そこでこの機会に書名を『邂逅――クンデラ文学・芸術論集』というふうに内容を具体的に想像しうるものに変えた。また、訳文を全面的に見直し、旧稿の表現の不適切、不親切なところをかなり改めた。さらに注に、二〇一二年以後の新たな情報をいくらか加えることができた。

クンデラは二〇一四年、『無知』以来一四年ぶりに小説『無意味の祝祭』（拙訳、河出書房新社、二〇一五年）を発表した。世界中の読者がクンデラ半世紀の小説家人生の集大成とみなしうるような、なにか高邁もしくは崇高な作品を期待していたのだが、蓋を開けてみると、登場人物のひとりに、「ねえ、きみ、無意味とは人生の本質なんだよ。それはいたるところで、つねにわれわれにつきまとっている。……しかし大切なのは、それを認めることではなく、それを、つまり無意味を愛さなくてはならないということだよ」と言わせていることに象徴的にあらわれているように、嘘とも本気ともつかない雑談に終始してなんのストーリーもなく、読者に肩すかしを食らわせるような作品だった。ある意味では期待外れだったが、別の意味ではいかにも一九二九年四月一日、つまりエイプリルフールの日に生まれ、みずからの非・真面目の宿命、ユーモアの精神に忠実なクンデラらしく、ある種の解放感と自由をあたえる小説でもあった。

クンデラは現在九〇歳を越えているが、つい昨年暮、一九七九年に剝奪されたチェコの市民権が四十年ぶりに返還されたという。これまで彼はだいたい五年程度の間隔を置いて、新作を発表してきている。周囲には『無意味の祝祭』が最後の小説になるだろうと洩らしているようだが、本書のエピグラフにあるように、彼のうちに何かしら予期しない「考察と回想との邂逅」が生じ、いまになにかサプライズがあるのではないかと私は密かに期待している。

最後になるが、本書の文庫化にあたっては最初に書籍化するときと同様、河出書房新社の朝田明子さんにご苦労をおかけしたことを記しておく。

二〇二〇年一月　　　　訳者

本書は二〇一二年一月に小社より刊行された『出会い』を改題の上、文庫化したものです。

邂逅《かいこう》 クンデラ文学《ぶんがく》・芸術論集《げいじゅつろんしゅう》

二〇二〇年 三 月一〇日 初版印刷
二〇二〇年 三 月二〇日 初版発行

著　者　ミラン・クンデラ
訳　者　西永良成《にしながよしなり》
発行者　小野寺優
発行所　株式会社河出書房新社
〒一五一−〇〇五一
東京都渋谷区千駄ヶ谷二−三二−二
電話〇三−三四〇四−八六一一（編集）
〇三−三四〇四−一二〇一（営業）
http://www.kawade.co.jp/

ロゴ・表紙デザイン　粟津潔
本文フォーマット　佐々木暁
本文組版　株式会社創都
印刷・製本　凸版印刷株式会社

Printed in Japan　ISBN978-4-309-46712-2

幻獣辞典

ホルヘ・ルイス・ボルヘス　柳瀬尚紀〔訳〕　46408-4

セイレーン、八岐大蛇、一角獣、古今東西の竜といった想像上の生き物や、カフカ、C・S・ルイス、スウェーデンボリーらの著作に登場する不思議な存在をめぐる博覧強記のエッセイ一二〇篇。

夢の本

ホルヘ・ルイス・ボルヘス　堀内研二〔訳〕　46485-5

神の訪れ、王の夢、死の宣告……。『ギルガメシュ叙事詩』『聖書』『千夜一夜物語』『紅楼夢』から、ニーチェ、カフカなど。無限、鏡、虎、迷宮といったモチーフも楽しい百十三篇の夢のアンソロジー。

ナボコフのロシア文学講義　上

ウラジーミル・ナボコフ　小笠原豊樹〔訳〕　46387-2

世界文学を代表する巨匠にして、小説読みの達人ナボコフによるロシア文学講義録。上巻は、ドストエフスキー『罪と罰』ほか、ゴーゴリ、ツルゲーネフ作品を取り上げる。解説：若島正。

ナボコフのロシア文学講義　下

ウラジーミル・ナボコフ　小笠原豊樹〔訳〕　46388-9

世界文学を代表する巨匠にして、小説読みの達人ナボコフによるロシア文学講義録。下巻は、トルストイ『アンナ・カレーニン』ほか、チェーホフ、ゴーリキー作品。独自の翻訳論も必読。

ウンベルト・エーコの文体練習［完全版］

ウンベルト・エーコ　和田忠彦〔訳〕　46497-8

『薔薇の名前』の著者が、古今東西の小説・評論、映画、歴史的発見、百科全書などを変幻自在に書き換えたパロディ集。〈知の巨人〉の最も遊戯的エッセイ。旧版を大幅増補の完全版。

澁澤龍彥　西欧芸術論集成　上

澁澤龍彥　41011-1

ルネサンスのボッティチェリからギュスターヴ・モローなどの象徴主義、クリムトなどの世紀末芸術を経て、澁澤龍彥の本領である二十世紀シュルレアリスムに至る西欧芸術論を一挙に収録した集成。